Franzobel
Lusthaus

oder Die Schule der Gemeinheit

Roman

Piper München Zürich

Von Franzobel liegen in der Serie Piper vor:
Scala Santa (3421)
Böselkraut & Ferdinand (3422)
Lusthaus (4027)

Ungekürzte Taschenbuchausgabe
Piper Verlag GmbH, München
Februar 2004

Umschlag/Bildredaktion: Büro Hamburg
Isabel Bünermann, Julia Martinez/
Charlotte Wippermann, Kathrin Hilse
Foto Umschlagvorderseite: Trujille-Paumier/Getty Images
Satz: Eva Kaltenbrunner-Dorfinger, Wien
Druck und Bindung: Clausen & Bosse, Leck
Printed in Germany ISBN 3-492-24027-5

www.piper.de

Allen toten Cosmonauten

Ein Toter stirbt nicht. An Allerseelen spricht man mit ihm und gibt ihm zu essen. Die betrogene Witwe geht ans Grab ihres verstorbenen Gatten, hält ihm seine Ehebrüche vor, beschimpft ihn, bedroht ihn, sich zu rächen. Der Tod in Mexiko ist nicht heiligend und nicht fremd. Der Tod ist das Alltäglichste, was es gibt.

JUAN RULFO

... und ich war der erste, der ihn sah, im Jahre 1655 mit meinem Fernrohr ...

CHRISTIAN HUYGENS

I
Das Unterhosenkind

Die anderen halten sich gerade, machen auch keine Geschichten. Wie kriegt man sie herum? Wie, daß sie einem alles geben, ihr Haupt und ihr Geschlecht, wie stellt man's an, daß sie noch danach lechzen, nach den sieben letzten Worten Christi, die er am Kreuz gehaucht hat, den traurigsten Satz der Welt? Mit Atmosphäre!

Atmosphäre. Die meine ging stets ins Große, Ganze, Weite und bis in den Tod. Doch um einer Gemeinheit willen hat man mich, die zweijährige Rosalia Lombardo, ausgehöhlt, nicht nur die Därme, die Organe, auch das Fleisch hat man von meiner Haut geschabt, mich gegerbt, ausgestopft, die Ohren mit Blech gefüllt, mit Pferdehaar den Kopf, mit Pappmaché den Körper, mich in den Kapuzinerkatakomben Palermos ausgestellt, wo ich in einem Glassarg heute noch zur Ansicht freigegeben bin, ein Schild davor: Rosalia Lombardo, schön, wie die Nachtfalter und Tiefseefische sind – schön für niemand. Und doch bin ich dem Doktor Solafia, der 1920 diese sogenannte Balsamierung vorgenommen hat, entkommen. Auf einem Weg, den er nicht kennt, in einem aufgeklappten Bauch. Wie das geht, das will ich gleich erzählen.

Wenn irgendwo die Ordnung hochkommt, weiß der Rest nicht, was er tun soll. Genauso ist es, wenn man stirbt. Wie wenn der Körper eine Seele ausläßt, verschwimmen ihr gleich alle Dimensionen. Die Erinnerungen sind nicht mehr zu halten und verdampfen, weil es nichts mehr gibt, das sie zusammenhält. Sogar die Zeit wirkt ausgedehnt, ja gleichgültig. Was für ein Elend ist der Mensch.

Ein halbes Leben war ich, die entkommene Rosalia Lombardo, in einer Frau Klappbauch eingesperrt, nun, im doppelt toten Zustand, sehe ich auf den Grund. Nun, da ich erlöst bin aus dem ausgestopften Lombardo- und dem faulen Klappbauchkörper, keine feste Oberfläche mehr besitze, ragen Trümmer in mich hinein, Ecken von Personen, Namen und Gesichter: Manker, Zsmirgel, Seth, eine Verrückte, eine Dicke, Personen, die ich niemals wahrgenommen habe und die doch gesägt haben an mir, gerissen und gezerrt, aus meiner eingenähten Lage mich befreit haben zuletzt. Alleine schon der Trieb der Menschen, die Neugier und die Hoffnung, etwas herauszuholen, aus sich selbst etwas zu machen, hat gereicht. Nun, nun bin ich frei.

Das Jenseits? Tja! Es ist wie mit einer großen hölzernen Kiste, in der bunt und durcheinander viele Bauklötze liegen. Bevor sie nicht geordnet sind, darf ich an den Saturnmond Titan nicht denken, meine Reise in die Ewigkeit nicht antreten. Also von vorne:

Pasqualina, die Dicke

Ende August, nachdem er sich monatelang hatte gehen lassen, zog der Sommer nun noch einmal an. Er erreichte seine Hitze, und alle Vorstellungen von Kühle verdunsteten allmählich aus der Stadt. Kaktusfrüchte trieben ihre stacheligen Knäuel auf die Straße, der Geruch von abgebranntem Gras, Benzin. Alle Aufmerksamkeit richtete sich auf die Mücken, auf den Schweiß, die Ventilatoren. Und irgendwo lag ein breiiger Haufen obszön und breit auf dem Asphalt. Fischbauchgraue Schattierungen tanzten auf der semmelblonden Masse wie Wellen auf dem Meer. Tauben pickten sich die besten Brocken, halbverdaute Muscheln, Shrimps, Garnelen, Tintenfischstücke. Nach dem Sud von Meerestieren roch es, einem Magensäure-Wein-Gemisch, nach frischer Kotze, Sulfamat. Zufällig trafen Pasqualinas Blicke diesen Haufen, ekelten sich, wandten sich gleich ab und stießen auf einen Nacken, einen Nacken, breit wie die Bibel. Dieser Nacken gehörte ihrem Nachbarn namens Klappbauch, meinem Mann.

– Ein Elend, schimpfte Pasqualina, da wie dort zum Kotzen. Das Meine ging stets ins Große, Ganze und Weite. Ich habe es nicht nötig, mich hinabziehen zu lassen, mir mit diesem Knöterich alles zu vermiesen. So einen Nachbarn habe ich nicht nötig. Er ist völlig ohne Schmelz, nie ist er ausgeschweift. Sein Fleisch ist schwach, weiß und schlapp, schrie die dicke Pasqualina in sich rein und riß vor lauter Zorn eine Garnele aus der Schale, drehte ihr den Kopf ab, legte das weiße, gerippte, mit schwarzen Adern behaarte Fleisch auf einen Teller.

Süßer Fäulnisgeruch schlug ihr entgegen, und während ihr dicke Dampfpolster ins Gesicht klatschten, würzte sie mit Chili, Kurkuma und Curryblättern die glasierten Zwiebeln, versuchte sie das Bild ihres Nachbarn aus sich rauszukratzen, damit ihr nicht der Appetit auf die Garnelen in Kokosmilch verging. Am Anfang war Gott, brabbelte sie zu ihrer eigenen Beruhigung vor sich hin, im Anfang die Quelle von allem, was ist, im Anfang die Sehnsucht: Gott.

Erst gestern war Pasqualina mit der Verrückten beim »Lachenden Mond«, einem Karaoke-Vietnamesen, gewesen, wo man zwischen Aquarien und Terrarien voller Frösche, Heuschrecken und Schlangen saß. Pasqualinas

Begeisterung ließ sie gleich ein Kochbuch erwerben, nach dessen Anleitung sie nun ranzig schmeckende Kokosmilch über Zwiebelwürfel leerte, die Garnelen hinzugab, sie zu schmoren, zu zerkochen wie den Nachbarn. Gott, die stöhnende, Gott, die in Wehen liegende, Gott, die gebärende, Gott, die jubelnde, Gott sprach: Es ist gut.

Immer grollt man jemandem, immer ist einem wer zu nahe getreten, aber Pasqualina und ihr Nachbar, Herr Klappbauch, waren aufeinander angelegt. Todfeinde! Das spürten sie. Aber warum? Waren es die Reste eines früheren Lebens? In diesem Leben jedenfalls hatte Herr Klappbauch, der Gründer der Sieben-Tags-Adventisten, der Dicken nichts getan, im Gegenteil, doch davon später. Er wohnte im Haus gegenüber, und ihm wäre Pasqualina gar nicht aufgefallen, wenn sie nicht dauernd telephoniert und ihn dabei angestarrt hätte. Ein telephonierender Fettfleck in dem schönen und gepflegten Land. Die muß Geld haben, die Fette, dachte Klappbauch, telephoniert den ganzen Tag. Und wie böse sie schaut.

Ob von ihr die Wasserflasche ist? Vor seiner Tür war die gestanden, Römerquelle, nichts Besonderes, nur stand sein Name darauf, Klappbauch, hatte wer ein Kreuz dazugemalt. So etwas tat sonst die Mafia. Wollte man ihm drohen? Warum? Und wer? Der Fettfleck gegenüber? Wie kann man nur dauernd telephonieren? Ob sie Telephonsex macht? ärgerte sich Klappbauch. Dabei tat er im Grunde auch nichts anderes.

Seit vor mittlerweile 36 Jahren Frau Klappbauch unmittelbar nach dem Verlassen der Kapuzinerkatakomben in Palermo vom Blitz getroffen, im Geist verkohlt und mit mir gefüllt worden war, saß er, wenn er nicht gerade für die Sieben-Tags-Adventisten arbeitete, Quersummen berechnete, den ganzen Tag vor seinem Fernseher. Und er sah Fußball. Nichts als Fußball. Länderspiele, Meisterschaft, Cup, Champions League, Uefa-Cup, UI-Cup, Junioren, Damen, Rollstuhlfahrer, Fußball rund um die Uhr. Berichte von Trainingslagern, Analysen, Statistiken, Benefizspiele, Fußball und wieder Fußball, nichts anderes. Während der Werbepausen steckte er sich eine Zigarette ins Gesicht, klappte seinen Bauch über den Fenstersims, rollte sich den ungeheuren, an einen Kamelhöcker erinnernden Nacken über den Kopf und paffte. Ein heiliger Laurenz mit einem glühenden Rost zwischen den Fingern, einem tranig-glasigen Blick. In dieser Trägheit erkannte sich die Dicke wieder. Das Abhängen wurde ihr hier vorgeführt, das Sinnlose des Lebens, die Tristesse.

Pasqualina fühlte das Klappbauchische in sich drin, das Abgestorbene, Gescheiterte und die Schwermut, die nur noch alle 15 Minuten einen mit zerfressenen Organen gefüllten Bauch aus dem Fenster hob, einen Nacken über sich stülpte, den trübsinnigen Blicken einer blödsinnigen, vom Blitz getroffenen Frau im Weg zu stehen.

– Dann hielt Gott zärtlich die Erde im Arm, wissend, daß alles Gute geteilt sein will. Gott sehnte sich nach Verbundenheit. Gott wollte die Erde teilen mit anderen. Aber bitte nicht mit Klappbauch! Bloß niemals so enden, fuhren die Stoßgebete der Dicken gen Himmel. Bitte, lieber Gott, laß mich nicht so gehen. Mach etwas anderes aus mir. Mach aus mir dein Ostern, deine Auferstehung, nicht Gründonnerstagspinat. Mach aus deiner Pasqualina was Gelungenes, was Richtiges, nichts Klappbauchartiges.

Pasqualina Tonymontana kam aus einer Familie, hatte Erziehung und Selbstvertrauen genug. Aber eben auch Angst, unwahrscheinliche Angst, in jene Unterschicht zurückzusacken, aus der sich ihr Vater hochgestemmt hatte. Ihr armer Vater, der nun auf Pasqualinas Schreibtisch stand.

In einem Einweckglas. Da konnte er alles sehen, und er hatte es auch nicht so finster. Bestimmt fühlte er sich wohl darin. Während die dunkelblonde Pasqualina Basmatireis zu ihren Garnelen schaufelte, löste sich ein Ton, dehnte sich, füllte alles aus und durchschlug den ganzen Raum, es klingelte wie verrückt an der Tür. Wer stand dahinter? Ein kittfarbener Regenmantel samt Schlapphut. Im Sommer? Das war typisch Gloria.

Gloria, die Verrückte

– Entsetzlich, kreischte sie, schrecklich, und das mir. Womit habe ich das verdient? Man hat mich benützt, stell dir vor, diese Demütigung, man hat mich mißbraucht, vergewaltigt hat man mich. Vergewaltigt! Glorias Stimme war das hohe, feine Sirren einer Gelse.

– Sollen wir die Polizei rufen? versuchte die dicke, hummelartige Pasqualina sie gleich zu erschlagen.

– Das nützt nichts, wich die Verrückte aus. Ein dunkler Barthaarschatten umspielte ihre Oberlippe. Was für eine laute Stimme.

– Aber du wirst doch Anzeige erstatten?

– Papperlapapp. Ich bin doch selbst schuld.

– Du hast ihn provoziert?, machte die Dicke einen langen Hals, die Lage zu überblicken.

– Man hat mich mißbraucht.

– Du hast es herausgefordert?

– Man hat mich gezwungen.

– Wer war es? Manker? Zsmirgel? Seth?

– Elvira, die Schlange.

– Elvira? Und gleich kam der breite Bauchring der Dicken in Wallung. Ihr ganzes System schien aus dem

Gleichgewicht zu geraten. Elvira? Der Planet Pasqualina hüpfte aus seiner Bahn, der Ring geriet ins Strudeln. Der ganze Saturn schien ohne Achse, taumelte. Eine Elvira, die vergewaltigt? Pasqualina stand da, als hätte ihr jemand einen schweren Hieb versetzt. Elvira? Wer um Himmels willen war diese Elvira?

– Eine Radioreporterin, deren Beiträge erst gesendet werden, wenn jemand stirbt. Sie hat gesagt, kreischte die verrückte Gloria, sie muß ihre Kinder durchbringen, sie kennt sonst niemand, ich bin ihre einzige Freundin, ich habe ein Konto, und ich muß ihr helfen, überbrücken, bis endlich einer stirbt, ich muß ihr 4000 Schilling borgen, nächsten Monat, wenn der erste tot ist, bekomme ich sie zurück. Borgen, schrie die Verrückte wie eine Alarmanlage, borgen? Müssen? Freundin? Daß ich nicht lache. Da wird mir gleich ganz kalt. 4000 Schilling, wo sie genau weiß, daß ich so was nicht ertrage. Ausborgen, das ist wie etwas aus dem Fleisch reißen, das Herz herausreißen. Ich halte das nicht aus, unmöglich. Also habe ich ein Gesicht gemacht wie Judith, wenn sie den Schergen sagt, köpft ihn, und habe ihr 2000 gegeben. Da, hab' ich gesagt. Ich schenke sie dir. Können sterben, was wollen. Und Schluß, endgültig. Du bist für mich gestorben.

– Apropos. Kennst du »Judith und Holofernes« von Artemisia Gentileschi im Nationalmuseum in Neapel? Gestohlen! Vielleicht hast du den Film gesehen? Artemisia Gentileschi, die erste Malerin der Kunstgeschichte. Gestohlen! Vorige Woche hat man es erst bemerkt.

– Ich habe sie erniedrigt, zur Sau gemacht. Elvira? Das war einmal meine Freundin. Was hat sie auch Kinder, wenn sie dann betteln gehen muß, weil niemand stirbt? Noch in der Vorhalle der Bank habe ich ihr Hunderter für Hunderter für Hunderter vor die Füße geschmissen, daß sie sich bücken mußte und es alle sehen konnten. Die borgt sich kein Geld mehr aus, nicht von mir. Die nicht. Bettlerin.

– Das Köpfen, schwelgte Pasqualina im Gentileschi-Bild, das Köpfen sieht aus wie eine Geburt. Dem Holofernes wird der Kopf abgeschnitten, aber es sieht aus, als käme der Kopf aus einer Vagina heraus. Das ist genial, aber gestohlen, vorige Woche. Die Holofernesarme sehen aus wie Frauenschenkel.

– Sie hat mich vergewaltigt, mit ihrer Kinder-durchbring-Mitleidsmasche hat Elvira mich mißbraucht, schrie Gloria, aber ich habe mich gerächt, gedemütigt habe ich sie und dennoch eine gute Tat dabei begangen.

– Hast du nicht, lächelte die Dicke, du hast es ja nicht freiwillig getan.

Das stimmte. Gloria Linimeyer, der es gelang, ihre Verrücktheit halbwegs zu verbergen, war nichts so heilig wie ihr Bankkonto. Alles in ihr war ausgerichtet auf das Geld. Geld, das war ihr der wahre künstliche Satellit. Wirtschaft, das war wirkliche Astronomie. Jeden Tag ging Gloria Linimeyer auf die Bank, erkundigte sich, ob Geld gekommen war. Sie kannte alle Geldinstitute der Stadt, alle Sparbuchvarianten, alle Zinssätze. Sie wußte, wo die Filialen waren, kannte alle Angestellten.

Es war ihr gelungen, ihren Zinssatz um ein Prozent aufzufetten, wofür sich Orkan Görkhan und Frau Wurzel am liebsten ständig selbst geschlagen hätten. Denn jetzt kam sie jeden Tag und wollte von den beiden Schalterbeamten den genauen Stand ihres Kontos wissen, aber bis aufs Komma. Jeden Tag. Kittfarbener Regenmantel samt Schlapphut. »Wie ist mein Kontostand?« Und die Wiederholung der Tage schien endlos. Jeden Tag »Wie ist mein Kontostand?«, jeden Tag.

Das Bankkonto war ihr Enigma, der wichtigste Teil von Gloria, fatalistisch war sie, fürchtete nichts so sehr wie einen Börsenkrach. Sich selbst gönnte sie nichts, aber ihrem Konto alles. Sie vernachlässigte sich selbst, sie ließ sich gehen. Sogar ihr Kühlschrank war fast leer, bloß mit Püppchen aus Kinderüberraschungseiern angefüllt, die im zugewachsenen Eisfach ein bizarres Bild abgaben.

Gloria ernährte sich ausschließlich von tiefgefrorenem Erbsen-Karotten-Gemüse, das sie in Zehnlitersäcken kaufte, sehnig sah sie aus, abgezehrt. Ein bißchen wie die Leichen in den Kapuzinerkatakomben Palermos, mit eingedörrter, gegerbter Haut, hohen Backenknochen, vorspringenden Zähnen. Man konnte sich gut vorstellen, daß auch sie, die Linimeyer, in die Leichenreihen passen würde, wenn ihr grelles Lachen einst versiegt, nichts mehr von ihr übrig wäre als ihr Konto und ihr wildes Haar, das »Wie ist mein Kontostand«-Echo in Frau Wurzel und Orkan Görkhan.

Unter ihrem Schlapphut hatte sie eine enorme Fülle wahnsinnig gedrehter schwarzer Haare. Mit dieser Pracht hätte man Gloria die Leitung eines Reisebüros zugetraut, eines Caterings. Stieß man aber weiter auf die Augen, war dieser Eindruck schnell verschüttet. Selten hat sich die Verrücktheit derart unbeherrscht in einen Meßbecher geleert – und war übergelaufen. Wilde Glutherde, quecksilbrig, unbeherrscht. Solche Augen wollen brennen, Geld wollen sie sehen, Kontostände, Aktien, Gold. Und wenn Gloria dann noch den Mund aufmachte, ihr Gegenüber wie mit einer Sturmflut überschüttete, konnte man gar nichts anderes tun, man trat unweigerlich einen Schritt zurück.

Ihr Deutsch war fließend, wenngleich die Aussprache einen gewissen Akzent hören ließ. Aber es war kein Sprechen, sondern ein Brüllen, unruhig, ohne Übergang, exaltiert, aufgebracht. »Wie ist mein Kontostand?« Insgesamt war dieser Mensch derart getrieben, daß die Launen ohne Dämpfer losschossen, wild und grausam wie eine Meute Stöberhunde. Ihr ganzes Wesen ein Halali. Sogar bei den wöchentlichen Anti-Raubein-Demonstrationen hatte man ihr nahegelegt, besser zu verschwinden. Ihr hysterisches »Österreicher Nazis! Widerstand! Österreicher sind Mumien! Österreicher sind Maulwürfe! Hier hat man keine Sexualität! Österreicher sind Nazis! Antisemiten! Widerstand!«-Rufen schlage nämlich, so die Meinung vieler Demonstranten, in die falsche Kehle. Sie fürchteten, der Wahnsinn der Gloria Linimeyer könnte mehr schaden als nützen. Und sie hatten recht. Glorias Fassungsvermögen schien schon überstiegen – wie ein gläsernes Gefäß voll Eis, nahe am Zerspringen.

Noch vor 200 Jahren hätte man Frauen wie ihr den Teufel aus dem Leib geschlagen, sie in einer Folterkammer in den Tod geschunden oder sie verbrannt. Einer Gloria hätte man nicht einmal einen Gnaden-Pulversack am Hals gewährt, nicht einmal den sonst üblichen Dolchstoß ins Herz. Für den Teufel selbst hätte man sie gehalten, für Luzifer.

Schon 1920 aber konnte ihre Großmutter, im Wesen ganz wie Gloria, einem Kapitän einreden, sie habe sich, weil sie glaubte, daß er nie mehr wiederkäme, in Seenot gerate, unterginge, eine seiner spermabefleckten Unterhosen in die Vagina gestopft und ein Kind davon bekommen – nämlich mich, Rosalia Lombardo, die ich aber nur zwei Jahre alt geworden war. Todesursache: Lego-Krebs. Tu sei benedetta fra le donne e benedetto è il frutto del tuo seno, Gesù. Also hatte sie mich, um dem Kapitän, so er denn doch zurückkommen sollte, den Schmerz und die Ähnlichkeit zu demonstrieren, »einbalsamieren« lassen.

Dabei stopfte der damit beauftragte Doktor Solafia alles Mögliche in mich hinein, was übergehen wollte wie bei einem Koffer. Glasaugen, Blechplatten ins Ohr, Roßhaar, Draht, Pappe und sogar ein Gedicht, weil er abergläubisch war. Meine Mutter aber fand ins Gleichgewicht zurück, konnte dem heimgekehrten Kapitän eine Verwirrte vorspielen: O Maria, regina di grazia, nun sei sie die Unglücklichste und Sündhafteste auf dieser Welt, nun müsse sie sterben, o clemente, o pia, o dolce vergine Maria, wenn er sie nicht zu seiner Frau nehme. Also wurde meine Mutter, Glorias Großmutter, die Frau eines Passagierschiffkapitäns, der Titanic II. Was in ganz Palermo ausgiebig gefeiert worden ist.

Auch heute wurde eine Gloria nicht mehr verbrannt. Allenfalls sagte man, die ist mal baisée, der spielen die Hormone einen Streich. Zu Beginn des 21. Jahrhunderts wollte keiner mehr Verantwortung. Jeder wollte nur genießen, Sex, ohne sich zu binden, keine Kinder. Beziehungen brachen wie trockene Soletti auseinander, keine Utopien mehr, alles Lego. Lego auf dem Teller, Lego-Häuser, Lego-Familien, Lego-Musik, Lego-Ideologien in einer Lego-Zeit, Lego-Krebs. Da scherte sich niemand um ein Konto und seine verrückte Besitzerin.

Wenn Gloria »reich« sagte, verzog sich ihr Gesicht, fast wurde sie schön. Reich? Sie war bloß Babysitterin, was nach Meinung der Dicken nur bewies, wie unverantwortlich die Menschen waren. Wie konnte man einer Gloria Linimeyer ein Kind anvertrauen? Bei den Affen im Tiergarten wäre es besser aufgehoben. Arme Kinder. Schon die laute Stimme mußte sie erschrecken. Glorias Gemütsschwankungen zermantschten die härtesten Kinderknollen zu willenlosem Menschenbrei, verwüsteten die kleinen, eben erst bestellten Felder. Welch ein Angriff auf die Nerven. Was für eine Verwüstung richtete sie an.

Sogar Leuten in der U-Bahn fiel sie auf, wenn sie in ihrem Regenmantel mit Flüchen und Haßtiraden durch den nassen, kühlen Morgen pflügte. »Ich habe es nicht nötig, keinen Fingernagelgrind, keinen Zehennagel bekommt dieses Land von mir. Österreich? Alles Nazis, antisemitische Maulwürfe, alle verklemmt. Keine Sexualität, lauter Komplexe. Maulwürfe. Judenhasser.« So stieß sie auf und eckte an. Ihren trüben, belanglosen Mitmenschen, die nichts taten, als ihr Wesen zur Blüte zu bringen und zu ernten, erschien sie verdächtig, als Hexe. Dabei wußten die meisten nicht einmal, daß Gloria Linimeyer eben jenen ausgetrieben war, denen man eine besondere Verwurzelung zum Geld nachsagte. Vielleicht war der Geldkreislauf ja ihre Heimat und das Bankwesen ihr Staat? Denn was trieben sie den ganzen Tag, was hielt die Welt zusammen, und worüber wurde so viel geschwiegen? Sie waren assimiliert, radikal antireligiös, und sie machten Geld. Aber Gloria war sogar als Jüdin pervertiert. Auch die jüdische Gemeinde hatte sie nicht wollen, zu durchgedreht war sie ihr.

Pasqualina jedenfalls litt für Jurst und Schinkel, die beiden von Gloria betreuten Kinder, arme Wesen. Ihren Oskar würde sie ihr niemals anvertrauen. Schon gar nicht, solange es Conchita gab. Conchita, das war ein wunderbares, süßes Kindermädchen, hübsch und doch gepolstert, nicht so ohne weiteres umzuhauen, ein bißchen eine Ente mit Lakritze im Schnabel, dachte Pasqualina.

Tatsächlich war auch Conchita eine Attrappe. Arrogant, tratschend und den Männern hinterher, ein faules, neidisches Stück, das nie zufrieden war. Außerdem war sie die Enkelin von meinem, Rosalia Lombardos, echtem Vater, doch diesen Taugenichts erwähne ich hier besser nicht. Ein falscher Hund wie Manker, einer, der Wasserflaschen vor die Türen stellt, Namen raufmalt und ein Kreuz dazu. Ein Zyniker, ohne Moral. Immer den Mädchen hinterher, immer eine Peitsche eingesteckt. Hätte er gekonnt, er hätte sich auch an seine Enkelin herangemacht, das Schwein.

Wie Gloria und Pasqualina stammte auch Conchita aus Argentinien, Südamerikas durchsichtigstem Land, dem man wie einer Frau im Seidenneglige die dunklen und die hellen Stellen ansieht, die Indianer und die Europäer.

Argentinien, wo alle Menschen Gauner sind. Dort hatte der Gauner Manker Conchitas Körper eingeatmet und sich in sie verliebt, sie mit einer Spiegelung von seiner Uhr geblendet, sie zum Lachen gebracht, mit Komplimenten beeindruckt und schließlich nach Wien geholt. Der Verbrecher hatte gebürgt für sie, vom Heiraten gesprochen, von Kindern, einer Villa. Ursprünglich.

Inzwischen war er ihrer überdrüssig und hatte ihr, wie er es selbst bezeichnete, den Laufpaß gegeben. Jedoch zu steil, sie erwischte ihn nicht mehr. Was für ein Schock. Abseits. Ein Kosmos brach zusammen, Wien, Europa, erste Welt, Fähnchen gingen in die Höhe, es kam zu einer Verschiebung ihres Panoramas. Etwas pfiff. Abseits. Ihr Selbstvertrauen wurde überrannt und abgeschossen. Ausgetauscht. Was für eine Demütigung. Aber anstatt zurück nach Mar del Plata in ihr Elternhaus zu gehen, überkam sie ein Bedürfnis nach Vergeltung, blieb sie in Wien mit dem einen Ziel, sich an Manker zu rächen. Dieser Verbrecher! Sie, Conchita, war doch kein Salatblatt, das man auf dem Teller herumschieben konnte, wie es einem paßte, um es dann doch liegenzulassen. Sie war eine wunderbare Frau, schöner als die Dicke, schöner als Gloria, sie war der Himmel selbst. Und was wollte dieser Himmel? Rache! Tote! Vergeltung für die Schmach. Nichts war stärker als Erniedrigung, nichts empfand man tiefer, fraß sich derart ein, schrie dermaßen nach Vergeltung.

Nun, nach Monaten, hatte das nördliche Licht begonnen, einen Umriß aus der Dunkelheit herauszuschälen. Conchita, was soviel wie Muschelchen oder auch Möschen bedeutet, wollte nach oben. Aufsteigen an die Oberfläche, es zu etwas bringen – wenn es sein mußte, auch durch Öffnen ihrer Schale. Für Manker hatte sie sich aufgetan. Aber dieser blöde Schlund hatte sie zwar ausgezuzelt, dann aber weggeworfen, zurück ins Meer. Dieser Verbrecher! Das würde sie ihm heimzahlen. Sterben sollte er. Sie würde ihn verschlingen. Nein, nicht mit ihrer Grundschulausbildung, und auch nicht mit ihrem brüchigen Deutsch. Aber Muscheln konnten giftig sein, sie konnten den Magen reizen und das Blut umschlagen lassen, daß es sauer wurde und gerann. Vorerst aber mußte sie froh sein, als Babysitterin bei der dicken Pasqualina untergekommen zu sein. Mit Kindern konnte sie, sogar mit Oskar. Mit Kindern, wenn sie sie streichelte, fiel sie schnell in Trance. Ach ja, Kinder.

Manchmal träumte sie von einem Hort, in dem sie, Conchita, die Chefin war. Dann hatte ihr keiner was zu sagen, dann grüßten alle sie gnä' Frau und buckelten und schauten zu ihr auf. Gnä' Frau, wie schön Sie sind, wie elegant. Gnä' Frau, Sie sind uns eine Göttin, eine heilige

Agathe, der man die Brüste abgeschnitten hat, ein Zelt aus Licht. Gnä' Frau, Sie sind uns eine Heilige, zu der wir beten. Ja, ein Hort, dieser Gedanke besänftigte regelmäßig ihre Wut, als striche man einem Hund die aus Mißtrauen aufgestellten Haare glatt. Aber vorerst waren da andere Probleme, Flöhe sprangen durch die Luft, ein Knurren war zu hören, ihre Aufenthaltsgenehmigung lief ab, und Seth, der sie vergötterte, hatte sich wie ein junger Hund an ihr festgesogen, zuzelte und drängte auf Heirat, flüsterte ihr in das Ohr: Conchita, Liebste, hast du nicht gespürt, wie ich zur Tür herein in dein Leben gekommen bin? Conchita, liebst du mich? Dann gib mir einen Kuß.

Seth, das Opfer

Der 40jährige Seth, vor 17 Jahren mit gesunden Augen als Politischer aus Chile gekommen, war seit acht Jahren Österreicher. Seit zwölf Jahren brauchte er Brillen und dachte an Selbstmord. In Chile hatte er als Intellektueller gegolten, hier mußte er kellnern, den Mumien servieren, hier schwollen ihm die Augen, hielt er den Selbstmord für einen autonomen, weitsichtigen Akt. Österreich machte ihn blind, ähnlich den Maulwürfen. Aber seit er die süße Conchita kannte, sah er wieder Licht.

In seinem kleinen, festen Körper wohnte eine tiefe, warme Stimme, die sagte, ich wußte, daß mir der Zufall einmal eine solche zuspülen würde, eine solche wie Conchita, so eine Süße, jetzt, solange ich noch sehen kann, will ich sie behalten, sie auszuzeln, mit ihr leben, ja, ein Kind von ihr. Er konnte an nichts anderes mehr denken als an sie, sie auszuzeln. An die rosaroten Brustwarzen, den feinen Flaum auf ihrem Rücken, den scharfen Geruch ihres Geschlechts, der ihn an die Markierungen seines Katers Viktor, den er in Chile zurücklassen hatte müssen, erinnerte. Nein, von diesem Geruch Conchitas wollte er nun nie mehr lassen, immer sie auszuzeln. Wenn er nur daran dachte, wurde ihm schon heiß, spürte er eine Hitze, als hätte er in eine Chilischote gebissen. Alles an ihm dampfte, machte Schritte vorwärts, brach wo aus, sprang drüber, hüpfte.

Er küßte sie fast immer, wild, naß und ohne Ende, daß alle, die sie sahen, neidisch wurden. Alle dachten, das muß Liebe sein, das möchte ich auch. Alle dachten, das ist Glück. Nur sie, Conchita, sie liebte ihn nicht mehr. Seth war klein, kaum größer als Conchita selbst. War das der Grund, daß sie bei seinen Küssen einen pelzigen Geschmack bekam, ihn nicht mehr liebte, nicht mehr mochte, daß er an ihr zuzelte?

Die Liebe will nur auf sich selbst hinaus, sie denkt nicht nach und auch nicht vor, die Liebe, sie ist einfach da und bleibt oder verschwindet – man weiß nicht, wie, und nicht, warum. Die Liebe ist ein unergründlicher Abgrund mit tiefen Sprüngen, Kratern und Schluchten. Die Liebe. Sie geht über, ist bodenlos oder schenkt sich selber nach. Die meisten, die sich in sie stürzen, sind verloren. Ruft man in sie hinein, kommt nichts zurück, nur Stille, Unverständnis. Nur selten leises Echo, Erwiderung fast nie. Manchmal Gelächter.

Conchitas Liebe blieb meist hinter einer Art Amtsmiene verschanzt. Seth, der sie umgarnte, fürchtete den Behördenweg ihrer Gefühle. Er spürte Manker, eine alte Wunde. Conchita aber meinte bloß, sei still, in so was bohrt man nicht hinein.

Manker? Der Verbrecher, der Betrüger! Nur den Namen, wenn sie hörte, schon verwandelte sich ihr süßes

Gesicht in das von einer Krähe. Scharf wie ein Schnabel stand die Nase ab. Ihr langes dunkles Haar wirkte wie Gefieder. Die Luft vibrierte von den Blicken, die man förmlich spüren konnte. Kein Schwan steckte dann in dieser Ente, sondern eine Krähe. Und die hackte Richtung Seth, dem mulmig war, als stünde er vorm Eingang in die Unterwelt, wo Schluß mit allem Zuzeln war.

Irgendjemand hat einmal gesagt, es gibt nur ein gewisses Maß an Gesundheit auf der Welt. Wenn jemand gesundet, wird ein anderer krank. Ist es mit der Liebe ähnlich? Wenn die Liebe ausatmet, entsteht Leben. Wenn sie einatmet, vergeht es wieder.

Diesmal aber hatte der Abgrund Liebe nicht alles behalten, diesmal hatte er etwas freigegeben, ein Testergebnis nämlich, das besagte, daß Conchita, das Muschelchen, schwanger war. Bingo! Unerbittlich war der Teststreifen rot geworden. Rot und rot und wieder rot. So viele Tests konnte sie gar nicht machen, immer kam nur eins heraus: schwanger, schwanger, schwanger. Diese Wahrheit traf sie, wie ein Umböckeln die Bänder im Fußgelenk trifft, plötzlich, schmerzhaft und traumatisch. Schwanger.

Conchita hat sich schon oft in der Richtung getäuscht. Wenn sie eine Abkürzung nehmen wollte, hatte sie sich meist im Gewirr der Gassen und Nebenstraßen verlaufen, diesmal aber war sie sich des Weges sicher, dieses Kind, es mußte weg. Conchita liebte Kinder und wünschte sich gewiß auch eigene, aber später, später bestimmt, doch nicht mit 25 Jahren, wo sie ohne Aufenthaltsgenehmigung in einem fremden Land schwarzarbeitete, als Babysitterin, wo sie Seth, den Vater, mit seinen verschwollenen Augen und seinen vergrabenen Selbstmordgedanken nicht liebte, keine Aussicht hatte, nichts. Aber das Schicksal?

Das Schicksal liebte den Anblick des Unglücks und der

Verzweiflung, so etwas machte ihm Freude. Das Schicksal hatte es nie an Leidenschaft vermissen lassen, eher an Originalität. Also wiederholte es Schwangerschaft auf Schwangerschaft, unerfüllte Hoffnung auf sinnlose Leidenschaft. Das Schicksal war ein Schwein, denn Conchita konnte natürlich keinem Titanic-Kapitän eine Geschichte mit Spermaflecken in der Unterhose auftischen, sie war auch keine Wäscherin, lebte auch nicht auf Sizilien. Und Seth war alles andere als ein Macho. Aber war es deshalb leichter? Conchita zog ihren Mund so weit wie möglich nach unten, so daß sich das Fleisch zwischen Nase und Lippe unmäßig verlängerte. Sie überlegte.

Manker hatte ihr schon vor Monaten zu verstehen gegeben, daß er nicht mehr für sie bürgen könne. Und nun auch noch ein Kind? Nein. Es war ja nur eine Formfrage, ob sie es durchbringen wollte. Sie mußte ja nur nein sagen. Mit der Nasenspitze malte sie lauter kleine Neins in die Luft. Nein, nein, nein, watschelten die kleinen Verneinungsküken hinter der Ente Conchita her. Jedes einzelne pickte sie mit ihrem Krähenschnabel auf, verschlang es wie einen Wurm. Nein! Sie haßte dieses Kind. Sie haßte sich selbst, wie sie auch ihren Urin haßte, der ihr die sonst nicht fühlbare Tatsache unmißverständlich auf den Teststreifen geschrieben hatte. Schwanger. So mußte sich ein Dopingsünder fühlen. Positiv. Der Verlierer eines Gladiatorenkampfes, der den abwärtsgewandten Daumen eines fetten Kaisers sieht, ihn flüstern hört: Aus einer kleinen Muschel hat man dich gezogen, Leben dir geschenkt, in einer großen sollst du es nun lassen. Aus einer Miesmuschel bist du gekommen, und im Kolosseum endest du. Ciao.

II
Totenvögel

Manker, der Gauner

Gedrehte, angegelbte Pissnocken, Brunzzöpfe, riesig, formlos aus dem Dunst der Nacht, geschmacklich leicht beim Salz, mit Stich, hätte ein anderer diesen, eben noch gehaßten antiseptischen Körpersaft freilich geliebt. Manker! Gebenedeit ist die Frucht dieses Leibes. Urin. Wie aus einer Wasserpistole wünschte er ihn in den Mund gespritzt, aus nächster Nähe, direkt aus dem Spritzloch einer Frau, mit Druck. Heilige Maria, Mutter Gottes, bitte für uns Sünder jetzt und in der Stunde unseres Todes. Amen.

Freilich hatte Manker sich noch nie getraut, diesen Wunsch, der aus seinem feisten Mankerhirn immer wieder in den Mund gekrochen kam, auch auszusprechen. Auch er kannte diese Diskrepanz zwischen dem, was war, und dem, was sein sollte. Zu dir rufen wir verbannte Kinder Evas, zu dir seufzen wir trauernd und weinend in diesem Tal der Tränen. Dabei sagte man ja dem Urin heilende Effekte nach. Gegrüßet seist du, Maria. Wer weiß, vielleicht hätte er Mankers entzündetem, mit Geschwüren verschwollenen Magen ja auch gut getan. So aber hatte er sich eine lebensgroße Pappfigur aufgehängt. Gebenedeit die Frucht dieses Leibes. Eine breit grinsende, mit Lebensmitteln beladene Verkäuferin der Supermarktkette Billa. Gegrüßet seist du, Maria. Mit leicht gespreizten Beinen stand die da, Gesundheitsschuhe, die helle Schürze übers

Knie, doch lang genug für Mankers Phantasie. Gebenedeit die Frucht dieses Leibes. Mit einem Bleistift hatte er noch etwas nachgeholfen, ein großes Y gemalt, das betete er an. Eine Arztspritze hatte er auf der Rückseite montiert, die, drückte er die Billajanische sacht gegen die Wand, ihren Inhalt durch das Y entlud. Gegrüßet seist du, Maria. Meist füllte er sie an mit Most, Most aus dem Innviertel, Braunauer Most. Zu besonderen Stunden kniete er davor, öffnete den Mund, drückte den Karton mitsamt der Spritze gegen die Wand, betete ein »Gegrüßet seist du, Maria« und stellte sich vor, wie diese Billa-Pappfrau in ihn brunzte. Mosturin. Rieder Aschermittwochsreden, Braunau. Voll der Gnade, der Herr ist mit dir. Manker wußte nicht wieso, aber der Name Billa übte noch eine zusätzliche Mischung aus Erotik und Demütigung auf ihn aus. Billa und Bipa, das klang wie Pieseln und Pipi, wie Pullern, Brunzen, Wischeln und Schiffen. Billa, das war für Manker pure Pornographie. Billa, das war wie mit angezogenen Schuhen bumsen. Billa, o gütige, o milde, o süße Jungfrau Maria, jetzt und in der Stunde unseres Todes, Billa, bitt für uns.

Überall stellte man die Weichheit und Schlaffheit der Beziehung fest, Frauen drückten ihren Männern Pickel aus, aber sie stellten ihnen nicht mehr nach und hielten nichts von Eifersucht. Auch Mankers Freundin Mariella hatte beim Anblick dieser Pappverkäuferin bloß gelacht:

– Ich werde mich am Boden wälzen, werde Erde essen, der Himmel wird über mir sein, und mit der da Gruppensex! Ha! Ihr breites venezolanisches Gesicht schwoll an zu einer Obstschüssel, so daß sie aussah wie ein Bild von Arcimboldo.

Mariella hatte große dunkle Maroniaugen, eine platte breite Nase, wasserstoffblond gefärbte Locken, zudem war ihr ganzer nur aus Kurven und Überhängen bestehender Körper stets in Leggings gezwängt, was sie wie Schokoladenpudding aussehen ließ. Alles wabbelte, schwabbelte, vibrierte. Für eine Prostituierte sah man sie meist an, machte ihr Angebote. 500? 1000? Reiberl oder Konzert? Manker mochte nicht, daß sie unter die Leute ging. Seiner Meinung nach gehörte sie ins Haus. Sogar den Deutschkurs hatte er ihr ausgeredet. Wozu? Als seine Frau hatte sie nicht Deutsch zu können, sie hatte nur auf ihn zu warten, seine Befriedigung war ihr Gebot. Sonst nichts.

Jeder Aufgang war ein Untergang, jede Zusprache eine Ablehnung. Befriedigen, das konnte Mariella so wie der Doktor Solafia ausstopfen. Das Fleisch herunterschaben, schaben, bis es trocken war. Schaben, schälen und anfeuchten, raufspucken und reiben, reiben, bis sich eine Öffnung zeigte, bis es einen Ausgang gab.

Mariella, die Mulattin

Mariella stammte aus Caracas, Venezuela. Plattenbaukomplex, billige Liebesromane, Plüschtiere, den Geruch von Sonne auf der Haut, aber nicht bloß Sonne eines Tages, Sonne von Jahrhunderten. Gloria vermutete, Manker habe sie aus einem Puff, so unverfeinert war Mariella, so pur und ordinär. Angeblich hatte sie in einer Zweizimmerwohnung samt zehnköpfiger Familie gehaust. In einem Land, in dem man immer Hunger hatte, immer bestohlen werden konnte, wo es nichts gab, man nichts bekam als höchstens eine Neuigkeit, und die mußte dann oft noch für Wochen reichen.

In einem Land wie Venezuela war der Tratsch ein Grundnahrungsmittel wie anderswo Kartoffeln oder Milch. Der

Tratsch war billig, raffiniert und überall erhältlich. Davon lebte man; eine gute, boshafte Geschichte, das baute einen auf, nährte einen. Aber nicht auf Dauer. Und weil die Armut dort, in Venezuela, den Boden bildete, alles Eigentum des Auslands war, beschäftigten sich die Burschen mit grober und die Frauen mit feiner, versponnener Kriminalität. Grobe Kriminalität bestand aus Prügeln, hieß schießen, Mädchen auf den Strich schicken, Drogen und erschossen werden. Verfeinerte Kriminalität dagegen hatte Pulver, Nadeln, stach in Püppchen, übte Zaubersprüche und Magie, knetete die Dinge, formte Wirklichkeit, erschuf, verhexte, brachte um.

Jede dieser Voodoozaubereien rannte direkt und ungestüm auf einen zu. Conchita war überzeugt, daß ihr ganzes Unglück an Mariella hing – wie der Strick an einer Glocke. Die Schwangerschaft, der Radunfall, Mankers Weigerung zu bürgen, das alles läutete am Ende jenes Seils, an dem Mariella zog, bimmelte lautstark durch Conchitas Muschelhirn, bimmelte bereits von ihrem Untergang.

Freilich war Mariella das alles gar nicht zuzutrauen. Den ganzen Tag lüftete sie aus, knotzte sie im Bett, unterhielt sich mit ihren Barbie-Puppen, fraß, sah fern und ließ sich gehen. Ihre Sinne wurden Trichter, alles stopfte sie hinein, die ganze erste Welt. Riesige Eisbecher, Talk-Shows, Sushirollen, The Simpsons, Pringles und kiloweise Schokolade.

Gerne hätte Manker ihr einen Draht zu seiner Leidenschaft, zum Wassersport, gespannt und einen Stromstoß durchgejagt. Aber er war ohne Ausgang, blieb ohne Verbindung, ohne Spannung. Gerne wäre er losgeschossen wie ein Blitz, doch fühlte er die Angst vor der Entblößung, der eigenen Erbärmlichkeit, Angst, ins Nichts zu schießen, die Kreatur mit einem Kuhdraht zu erschlagen. Also blieb er geladen, umklammerte den Tisch, als wäre der die Erdung, dachte an die Billa-Frau, an sein Trafo-Häuschen da im Kopf.

– Hast du gehört, Conchita wird Seth nun doch heiraten. Wir sind auch eingeladen. Aber sie liebt ihn nicht, sie heiratet ihn bloß wegen der Papiere. Armer Seth. Conchita kenne ich, die ist ein Luder.

– Ich weiß.

– Und arrogant, glaubt, daß sie weiß Gott wer ist. Pah. Manker spuckte weißen Speichel auf den Tisch, zeichnete damit ein Hakenkreuz. Armer Seth. Gloria hat es mir erzählt. Sie hat extra angerufen, weil sie erzählen mußte, daß sie in der Bank gewesen ist, und stell dir vor, hat sie geschrien, stell dir vor, heute ist's passiert, heute ist der glücklichste Tag in meinem Leben, diesen Tag vergesse ich nie, nie, nie. Mein Glückstag! Ja, was denn, habe ich sie gefragt, hast du dich von deinem Mann getrennt? Besser, viel besser, hat sie gekreischt, heute war in ihrer Bank der Tag der offenen Tür, und sie durfte mit Frau Wurzel und Orkan Görkhan in den Tresorraum gehen und eine Million Schilling in den Händen halten. Eine Million Schilling, hat sie gebrüllt, das ist ein Gefühl. Ha! Ein Schwindelgefühl, es ist außergewöhnlich, es ist Macht. Der schönste Tag in ihrem Leben. Und dann ist sie der Frau Wurzel um den Hals gefallen, hat den Görkhan abgeküßt.

– Die spinnt. Komplett plemplem.

– Finde ich auch.

– Irgendwie erinnert sie mich an den Gustav Gans. Gloria Gans.

– Nicht alle können so normal sein wie wir zwei. Manker stellte sich neben Mariella, verrann in einer Vorstellung, in einem Trieb. Gegrüßet seist du, Maria. Mariellas Augen klebten an einer Talk-Show, unentwegt stopfte sie sich den feuchten, dicklippigen Mund mit Pringles voll.

Pringles, das war realer Sozialismus für Kartoffelchips. Noch bei Kelloggs, diesem Puritaner, waren Chips Persönlichkeiten, an denen man sich Finger fettig machen oder in die Zunge schneiden konnte. Pringles aber waren gepreßter Gatsch, Kartoffelpüree mit Kinderlähmung, rund und pulvrig im Geschmack. Pringles – und die DDR erwachte wieder. Mariellas Mund war das gewöhnt, auch Mankers Hand war ihr vertraut, mit der Sturheit eines Scheibenwischers kratzte die über ihren Oberschenkel, erklärte ihr den Krieg mit:

– Ich will dich, ich will dich jetzt. Ich will dich, ich will dich jetzt.

Mariella kannte das. Es war wie eine schnappende Reihe von offenen, im voraus gestellten Weichen. Also setzte sie sich aufrecht hin, fuhr mit ihren wulstigen Fingern durch ihr blondes, krauses Haar, lächelte mild, entknotete ihre Beine und wartete auf das Vertraute, auf den Zug und den Zusammenstoß. Erst würde Manker ihr wie ein Bahnwärter um das Stellwerk streichen, dann ihr die Schenkel auseinandertauchen, wie man ein Signal stellt, vorsichtig, dann seine Zunge in die Obstschüssel ihres Gesichtes bohren, ein Stück herausbeißen, es kauen, schlucken, schließlich einen Bremsklotz unterlegen, rütteln, quietschen, drüberrattern, ihr den Bauch lackieren. Zwicken. Fertig. Hoch den Schranken. Romantisch war Mariella, aber nicht verliebt. Nur manchmal bei Vollmond oder heftigen Gewittern hatte sie Sehnsucht nach Auflösung, gab sie sich ihm hin, ließ sich besitzen, flüsterte ihm Zärtlichkeiten in das Ohr: Ganz bei mir muß ich dich haben, ganz bei mir und immer ganz bei mir, immer in den Augen, in den Ohren, du, verlaß mich nicht, nie mehr. Sonst blieb sie gleichgültig, wie eine Kuh, die bereits Verdautes aufstößt, nochmals kaut.

Auch Mariella kaute ständig. Entweder Essen oder Kaugummis, die humane Variante des Wiederkäuens. Immer hatte sie ein teigiges Gemisch im Mund, schmatzte, machte Blasen. Trotzdem schrie und stöhnte sie beim Sex, wenn auch nicht echt, eher wie ein Parkettboden, der unter schweren Schritten ächzt. Oh ja, ja oh, oh ja.

Manker merkte von diesem Theater nichts. Er glaubte, daß sie es genoß. Er war voll Selbstvertrauen, voll der Selbstverständlichkeit, daß sich das Weib dem Mann anpasse. Für ihn war Miteinanderschlafen wie das Ineinandergreifen zweier Zahnräder, drehte man an einem, bewegte sich das andere automatisch mit, bis zum Höhepunkt. Tatsächlich hatten sich alle seine Frauen stimmlich immer bis zum Gipfel mitgeplagt. Nie hatte eine sich abgeseilt, nie war eine abgestürzt. Nur wenn er später nach der Eintragung ins Gipfelbuch an den Hängen ihrer schlechten Laune forschte, sagten sie ihm nichts. Oder sie belogen ihn, blickten ihn vielsagend an. Er kapierte nicht warum.

Immer schon war ihm Sex gewesen wie eine Frucht, die mit angenehmem Geschmack auf der Zunge zerging, aber kaum Erinnerung zurückließ. In letzter Zeit schmeckte er immer mehr nach billigem Parfüm und süßlicher Seife, nach etwas, das ihm zusetzte wie Naphthalin den Motten. Gleichzeitig war ihm, Manker, anderes in die Nase gekommen, begann ihn was zu reizen und zu kitzeln, daß er ständig niesen mußte: der Faschismus.

Was findet man, wenn man zu seiner Seele hinunterschleicht? Sümpfe und Mäander. Schlangen, Molche und Muränen. Blasse Häute, Grotten, Feuchtigkeiten. Moder.

Wie eine Moorleiche von der Tiefe fühlte sich Manker von den Lehren Hitlers, Lanz' von Liebenfels und Stalins angezogen, war er fasziniert von diesem dunklen Schlamm, der seiner blassen Welt einen Kontrast unterlegte, ihm mit Ideen kam, denen Manker sich kaum mehr entziehen konnte. Es war, als hätte er ein Sumpfloch in sich drin, das unaufhörlich blubberte, kochte, aufstieg und ihn von innen her erwärmte. Natürlich wußte er, daß diese Art der Weltsicht stickig und voll Schwefel war, ihre Konsequenz ein barbarisches System sein mußte, das gerade Taugenichtse wie ihn sofort hinabwarf in den Schlamm, den Dreck. Trotzdem war er fasziniert von der Idee des Höherrassigen und des Ausleseprinzips, vom Führergedanken, vom ozeanischen Gefühl und der keltischen Tradition. Atlantis und die Welteistheorie. Es war wie eine jener Fratzen, die Kinder in die Kürbisse schnitten und mit Licht erhellten, grausig schön.

Obwohl er sich wehrte gegen diese Hefe, spürte er sie doch schon gehen in sich, marschieren. Letztlich glaubte er selbst bereits, daß an der Physiognomie der Charakter eines Menschen abzulesen sei.

Niemand hatte noch Ideale, alle lebten nur fürs Geld, für die Karriere und die Macht. Je mehr er sich über dieses Denken beugte und je mehr davon in ihn hineintrocknete, desto mehr lagerte sich an in seinem Kopf, trocknete fest wie Stalaktiten. Aber je mehr sich angelagert hatte, desto mehr sehnte er sich auch nach einer dunklen, stark behaarten jüdischen Frau, die sich ihm auf das Gesicht setzte, ihn anbrüllte, daß er die Augen und den Mund aufmachen müsse, damit sie ihm hineinspritzen, ihre Pisse den Urinstein seiner Ideologie herausspritzen könne. Gegrüßet seist du, Maria. Eine Klomuschel wollte er ihr sein, ein menschlicher Abort. Durch Maria ist Jesus zu uns gekommen. Durch Maria soll Jesus auch zu dir kommen. Einfach deswegen, weil das der Weg Gottes ist, den Gott selbst gebahnt hat, mitten in den Mund.

Aber natürlich fehlte Manker der Mut, eine seiner Bekannten dazu zu überreden. Das Fragen hätte ihm nichts ausgemacht. Sicher, Conchita würde eine halbstündige Verhaltung haben, aber Mariella? Mit ihrer kühischkauenden, mulattischen Trägheit würde sie sich auf ihn setzen und ihm, ohne lang zu überlegen, einen halben Liter Natursekt in die Kehle spritzen. Gegrüßet seist du, Maria. Aber Wassersport war eine Sache, die im Kopf passieren mußte – wie sein Nazitum. Gebenedeit ist die Frucht dieses Leibes. Jede tatsächliche Ausführung wäre ungustiös, ja läppisch. Dabei war Manker ohne Hemmungen, eine Wucht ging von ihm aus, was Pures. Deshalb hatte ihn auch Zsmirgel engagiert, daß er ihn lehre, richtig gemein zu sein. Das konnte Manker. Gemeinheiten hatte er auf Lager. Was das anlangte, hätte Manker dem Doktor Solafia verwandt sein können – war er aber nicht.

Zsmirgel, der Journalist

Die Schwere trocknet alles auf. Der Sommer frißt die Städte leer. Blau wie ein emailliertes Kaffeehäferl sieht der Himmel aus. Fischbäuche die Wolken. Schwalben bilden Schwärme, schreien. Wie die Pfeile Amors schießen Eidechsen über die Straßen, um beim Anblick eines Menschen in ölig feinem Schimmer zu erstarren – wie Sardinen. Hunde halten Schattenschlaf, knurren sich durch 13 Schichten Nebel durch. Hin und wieder Schnecken, die ihre verdorrten Artgenossen fressen, überfahrene Igel, Maulwürfe, an deren zerdrückten Schädeln Wespen sitzen.

Die Menschen hassen die Hitzewellen wie die fetten, bösartig surrenden Fleischfliegen, die Dicken Bertas gleich ihre Runden um den Müll ziehen, angezogen vom beißend fauligen Gestank. Kleine geflügelte Öltropfen, den Bauch mit Fliegeneiern voll, immer auf der Suche nach Gestank.

Wenn der Geruch sich verflüchtigende Materie ist, muß er sich auch niederschlagen, anlegen. Den Schweiß Zsmirgels hätte man in seiner ganzen Wohnung finden müssen, aufgetürmt zu fingerdicken Schichten, wenigstens Furnier. Seit er Nachrufe fürs Radio produzierte, war er mit Rätselhaftem konfrontiert, so als wäre er mit einem Fluch belegt. Kaum war er nämlich mit einem Nekrolog fertig, kam auch schon die Nachricht vom Tod der betreffenden Person. Gut, Zufall, dachte Zsmirgel zuerst. Nekrolog-Kandidaten trennte oft nur eine dünne Membran vom Tod, oft genügte schon ein Hauch und sie zerplatzte. So wurde die Nekrologie von den Leitern des Österreichischen Rundfunks ja auch legitimiert. Man produzierte von älteren oder kränklichen Persönlichkeiten bereits zu Lebzeiten einen Nachruf, um ihn bereit zu haben, wenn es soweit war. Die meisten starben schließlich nachts.

Wenn die anderen schliefen, er alleine war, keiner ihm die Einsamkeit abnehmen konnte, dann rang der Mensch meist mit dem Tod – und verlor. Dann kam der Atem Gottes über ihn, der Lehrmeister der Demut, der Aushaucher von aller Kreatur, der Aus- und Einhaucher von allem, das Universalgebläse.

Nun wäre es aber unverantwortlich und menschenunwürdig, deshalb ständig die Mitarbeiter des Österreichischen Rundfunks aus dem Schlaf zu reißen. Zumal sich aufgrund irgendwelcher unbekannter Gesetze die Todesfälle zumeist im Sommer, wenn alle auf Urlaub waren, verdichteten, sich zu einem wahren Todessirup konzentrierten, um dann, wenn alle zurückgekehrt waren, wieder auszudünnen. Als würde zu den Urlaubszeiten ein göttlicher Staubsauger eingeschaltet, der die Seelen aus den Körpern zöge, sie in den Beutel Ewigkeit zu blasen: Komm, du Hoffnung der Armen, du Richter der Mächtigen, du Rettung der Schiffbrüchigen, du Atem der Welt, göttlicher Nilfisk, du. Komm.

Dennoch hatten die Radiohörer das Recht, schon mit dem Frühstück einen ordentlichen Nachruf serviert zu bekommen und nicht für den ganzen Tag mit einer einfachen Todesmeldung abgespeist zu werden, an der sie dann herumzukauen hatten, wer es war, ob sie ihn gekannt hatten?

Also wurden die Nachrufe vorfabriziert. Natürlich streng geheim, denn im Grunde war es ja ein bißchen pietätlos. Wer weiß, wer sonst nicht aller auf die Idee gekommen wäre, seinen Einfluß geltend zu machen, solch ein Machwerk zu verhindern? Oder einzufordern? Genau in diesen Dingen war die Wiener Gesellschaft ohne, wie sie es selbst nannte, Genierer. Natürlich wäre ein Einblick in die Nekrologie heiß begehrt gewesen, aber das Radio war keine Kapuzinerkatakombe, wo man das zu sehen bekam, was einem immer vorenthalten wurde: den Tod. Den Tod in allen seinen Stadien, den Tod ohne Genierer.

Lange, gewölbte, geweißte Kellergänge mit großen Fenstern, durch die Licht hereinfiel. Zu beiden Seiten hingen an Tauen, die sie um den Hals hatten, die Leichen. Alleluja. Die Luft trocknete sie zusammen. Wie Dörrobst waren sie, Zwetschken und Rosinen, wie welkes Laub verschrumpelt. Hier fletschte einer das Gebiß im weit geöffneten Mund, dort hing ein Auge raus, da ging einem die Nase ab. Alleluja. Jeder Kopf ein anderes Bild des Todes, jeder Kampf, jede Verwesung fand hier statt. Die Kapuzinerkatakomben in Palermo, der Tod ohne Genierer.

An diesem skurrilen, Ende des 16. Jahrhunderts gegründeten Bestattungsort waren 8000 zum Teil noch recht gut erhaltene Leichen in Gängen an die Wand geschnürt. Leichen und Leichen und Leichen überall. Einigen löste sich die Haut schon von den Knochen wie nach einem Sonnenbrand, andere bestanden nur noch aus Skelett, wieder anderen war der Körper weggefault, man hatte ihnen die bloßen Schädel auf bekleidete Strohpuppen gesetzt. So glichen sie den tönernen Marionetten, die die Souvenirhändler verkauften. Die Münder alle aufgerissen, als schrien sie ihr Alleluja aus dem Leib, als sähen sie etwas Entsetzliches, das Armageddon. Alleluja. Bei manchen aber schien es, als lachten sie, als schüttelten und bögen sie sich über die entsetzten, völlig fassungslosen Besucher. Kein Genierer. Nirgendwo kam man dem Tod so nah wie hier, konnte man die Leichen gar berühren, den Staub der Verwesung atmen, dem Zerfall so ungeschönt begegnen. Nirgendwo sonst kam man dem Tod so auf die Schliche wie hier, in den Kapuzinerkatakomben Palermos, wo in einem Kindersarg aus Glas ein kleiner mumifizierter Mädchenkörper lag. Davor ein kleines Schild: Rosalia Lombardo.

Dagegen war das Beinhaus, so wurde das Verzeichnis aller Radio-Nekrologe des Österreichischen Rundfunks respektlos genannt, unspektakulär. Namenslisten im Computer, Lebensläufe, Stimmproben, Daten, alles ohne Schrecken, so lange man nicht drinstand, so lange man nicht wußte, daß die Radiomitarbeiter erst dann bezahlt bekamen, wenn man ihren Beitrag sendete. Erst wenn einer starb, bekam der Nekrologverfertiger sein Geld. Pervers. Denn so war ein leises Hoffen auf eine hohe

Trefferquote nur verständlich. Daß man aber gar keinen Genierer kannte, und einander bei manchem Tod auch gratulierte, auf die Schulter klopfte, das Lied »Einer hat immer das Bummerl« anstimmte und zum sechsgängigen Menü einlud, blieb Spekulation.

Elvira Klappbauch, Tochter des Nachbarn der Dicken, Schuldnerin von Gloria, Elvira Klappbauch also hatte das Pech, daß sämtliche Personen ihrer Nekrologe noch lebten. Sämtliche! Als wollten sie es ihr zufleiß tun, kannten sie, wie man hier sagte, keinen Genierer, starben einfach nicht, nicht einmal die Hundertjährigen, die mit den Totenkopfgesichtern, die mit den Löchern im Schädel, nicht einmal die, alle, alle lebten sie und lebten, lebten und lebten wie nach einem Jungbrunnen, als wäre ein von Elvira geschriebener Nekrolog eine Unsterblichkeitsgarantie.

Umgekehrt bei Zsmirgel. Bei ihm ging's zu wie in einer vom Umfallen erfaßten Dominosteinkette: Kaum wurde einer aufgestellt, war er auch schon angetippt und flachgelegt und tot. Weggeschmirgelt. Eine Kapriole des Zufalls, könnte man denken, eine sonderbare Polonaise. Und tatsächlich war das Ableben Friedensreich Hundertwassers, Ernst Jandls, Udo Prokschs oder H. C. Artmanns irgendwie erwartbar. Doch dann warf Zsmirgel nur aus Jux dem Schicksal ein Stöckchen, stellte er einen Klotz in seine Dominosteinkette, verfertigte er einen Nekrolog über das Busenwunder Lola Ferrari, doch siehe da, tatsächlich hatte das Schicksal schon eine Woche später apportiert, war sogar der Klotz gefallen, das Busenwunder tot. Auch das konnte Zufall sein, aber Gleiches war geschehen mit Günter Brödl, Falco, Clemens Eich und Robert Hochner. Alle tot. Tot, tot, tot.

Jedesmal hatte das Schicksal kurz gewedelt, alle umgerannt und apportiert. Seither biß sich Zsmirgel nachts ins Backenfleisch, war er dünnhäutig geworden, nahm er Unterricht bei Manker, der ihn lehrte, gemein zu sein, stumpfsinnig und dauerhaft. Richtig gemein, dachte sich Zsmirgel, muß ich jetzt werden, gnadenlos, unbarmherzig und ein Gesicht ziehen wie rohes Schweinefleisch. Hilft alles nichts. Kein Genierer!

Da mußte er, der Gutmensch und Gerechtigkeitsfanatiker Zsmirgel, selber schmunzeln. Denn im Grunde seines Herzens waren ihm schon die kleinste Unfreundlichkeit, das allerkleinste Unrecht zuwider. Wie eine Insel aus vergangener Zeit erschien er, voller Höflichkeit und Komplimente, als hätte er sein Leben lang nur ein einziges Ziel verfolgt: Wie werde ich ein idealer Schwiegersohn. Wie behalte ich mir meine Ideale. Aber natürlich hatte Manker, der skrupellose Manker, der Gauner Manker, recht, so ging das nicht. Das war dem Untergang geweiht, das mußte abtauchen, verschwinden, weggefeilt werden. Die Menschen heutzutage hatten rücksichtslos und glatt zu sein, ohne Mitleid, rüpelhaft, gemein. Also waren sie losgezogen, Manker und Zsmirgel, Schadenfreude zu trainieren. Lektion eins.

– Schwarz anziehen, hatte Manker gesagt, als Totenvögel gehen wir, nimm Campingsachen mit, kaltes Huhn, Salate, Pralinen, Virginias, Cognac und Champagner. Stecktuch, wenn du hast.

So waren sie losgezogen, bestens gekleidet, Seidenhemden, hatten sich auf Klappsessel vor Fabrikausgänge gesetzt, mit einer Stereoanlage Trauermärsche abgespielt, ausgesprochen distinguiert gegessen und sich in den stieren Blicken der Herauskommenden verhakt, zugeprostet, wenn sie gafften, breit gegrinst.

Es waren nicht irgendwelche Leute und auch keine beliebigen Fabriken. Immer hatte Manker eruiert, wenn Werke zusperren mußten, und wann eine letzte Schicht gefahren wurde, dann kamen sie – so wie die Geier kamen, sich aufs Aas stürzten. Totenvögel, ja, das waren sie. Totenvögel der Gesellschaft.

– Spürst du den Hunger, sagte Manker, nicht den Hunger aufs Essen, den Hunger auf Schadenfreude? Wir haben ja sonst jede Art Kultur verloren. Dort, wo das Mitleid schrumpft, da wächst die Gemeinheit. Mitleid vergeht. Gemeinheit hat Bestand. Was kann es Schöneres geben, als Menschen anzugaffen, die es rausgetrieben hat, die der Fluß des Lebens an den Rand gespült hat, in die Kanalisation. Für die älteren ist es vorbei, arbeitslos, Mindestrente. Schluß und aus, genoß Manker die Einheit seines Daseins und hob das gefüllte Cognacglas. Sic transit gloria mundi. Prost.

Zsmirgel war baff, er sah nur eine große, mit Mitleid gefüllte Wurst. Er starrte darauf und mußte sich selbst verbieten, wie ein Hund danach zu schnappen. Diese Stille in ihm war bedrückend. Der mit Tränen verschleierte Blick der Arbeiter, denen man ansah, daß sie ihr Leben lang an nichts anderes als an diese ihre Arbeit geglaubt hatten, machte ihm zu schaffen.

– Memento mori, lachte Manker, das ist der Moment des Sterbens. Weißt du übrigens, daß man den besten Sex hat, wenn man Frauen zuvor etwas schockiert? Schade, daß es die Hetztheater und die Hinrichtungen nicht mehr gibt. In Wien führe ich sie immer in die Kapuzinergruft, auf den Zentralfriedhof und in den Narrenturm. Die in Formalin eingelegten Mißgeburten, Wasserköpfe, Zyklopen, Janusköpfe. Die verkrümmten rachitischen Skelette. Wunderbar. Und noch auf keiner Italienreise habe ich die

Katakomben in Palermo ausgelassen. Da stehen die Skelette in einer Reihe, die Haut löst sich von den Schädeln, die Kiefer fallen ihnen runter. Phantastisch. Ein paar haben auch noch Haare oder Bärte, und die Knochen sind ganz braun, zerfressen. Sensationell.

– Hör auf! Zsmirgel grauste, er spürte, daß Manker etwas plante. Er wußte nur nicht was. Er roch es förmlich, daß sich etwas ändern würde. Aber was?

Die Totenvogel-Geschichte jedenfalls wäre im Sand verlaufen, hätte sich nicht der Zufall hineingemengt und eine Adresse ausgetauscht. Also saßen die beiden wieder einmal vor einer Fabrik und hielten Leichenschmaus, denn Totenvögel waren sie, Totenvögel der Gesellschaft. Der Himmel war befleckt, die Sonne hatte sich versteckt. Schon nach wenigen Minuten kam ein kleiner, ausgetrockneter Werkschutz angetrieben, übergoß Manker und Zsmirgel mit Flüchen und brüllte sie an, was sie hier machten. Werkspionage oder was? Japaner? Oder vielleicht – ?

Manker lächelte, der Werkschutz wurde rot und heiser. Freilich, mit einem solchen Staudamm hatte dieser seichte Mensch nicht gerechnet. Die Fabrik wird stillgelegt? Davon wisse er noch nichts, kratzte er den letzten Rest seiner Stimme aus sich raus, doch das sei typisch, weil die Betroffenen sowieso immer als letzte was erfuhren. Typisch. Das habe man davon. 30 Jahre Treue, und wofür? Für nichts! Nicht einmal eine Abfindung. Typisch. Gedrückt schlich er zurück. Es war ein Sickern, ein trauriges Glucksen.

– Memento mori, lachte Manker.

Schon eine halbe Stunde später hatten alle 1200 Beschäftigten ihre Arbeit hingeschmissen, nützte es auch nichts, wenn höhere Angestellte sie umzustimmen suchten.

Denen folgte niemand mehr. Haßerfüllte Augen blickten sie mißtrauisch an, kräftige Hände umklammerten Hammerstiele, Eisenstangen, Ketten, ein Strom aus wütendem Geschrei und Solidaritätsliedern überflutete alles. Alle Ordnung, alle Regeln wurden hinweggespült. Und ehe die Betriebsleitung ein Ufer sah, war sie schon in den Strudel härtester Lohnkämpfe geraten, wurde sie eingetunkt von Streik und Forderungen nach zusätzlichen Gehältern, Urlaubstagen, daß der Werkzeugfabrik tatsächlich die Luft wegblieb, sie noch im selben Jahr Konkurs anmelden mußte. Memento mori.

Auch Vögel haben ihre Zeit, tauchen auf, verschwinden wieder. Meist vergißt man sie. Wie häßlich aber erscheinen sie, wenn sie auf Kot und Dreck ihre Intrigen ausbrüten. Manker jedenfalls hatte seither ein paar Drähte mehr gespannt. Von diversen Fabriken kassierte er kleinere Summen, für die er garantierte, nicht als Totenvogel vor dem Fabrikstor aufzutauchen und auch sonst nichts auszubrüten. Doch davon wußte Zsmirgel nichts, der war von sanfterem Gemüt. Der liebte das Kino, den Aufenthalt in kleinen, südlichen Hafenstädten, Muscheln, alles, was vom Meer kam, und ein warmes Nest. Alles, bloß nichts Illegales.

Wienern sagt man nach, sie seien alle etwas schlampig, schmierig und ungepflegt. Bei vielen stimmt's, nicht bei Zsmirgel, der war was Äußeres, eine Erscheinung. Aber darunter? Ein Mensch ohne Tiefen! Wie alle Radioleute blieb er an der Oberfläche, am Schein und Glanz der Dinge, an den Schlagzeilen. Wollte man zu ihm hinab, stieß man nur auf eine Platte und prallte ab wie ein Tischtennisball am Schläger, oder man blieb hängen wie im Netz. Und so ein hohles Geräusch, wie es der Tischtennisball erzeugt, konnte man auch von Zsmirgel erwarten, wenn man mit ihm über die ernsten, die tiefen Dinge sprechen wollte. Es kamen nur Klischees, der Quargel und der helle Ton, die Schlagzeilen. Zsmirgel glaubte an den Österreichischen Rundfunk, an den öffentlichen Diskurs, an politische Korrektness, Gutmenschentum. Trotzdem war er herausgebacken wie ein Krapfen, getränkt im Fett der Selbstzufriedenheit, mit Zucker bestreut, verlockend.

Ein Krapfen drängte gegen ihren Mund. Gerade darauf hatte Conchita, die süße Conchita, Lust, auf einen fetten, rausgebackenen Krapfen. Bevor sie in die Käseglocke namens Ehe kam, wollte sie einmal noch genießen, warme, süße Marillenmarmelade. Zsmirgel war groß, sportlich, blond und ohne Krusten. Einzig das kleine Grübchen am Kinn deutete etwas Unanständiges an, mitten im Gesicht – wie das Einspritzloch im Krapfen. Einen Brief zu schreiben, sollte er ihr helfen, eine Bewerbung. Pah, Zsmirgel spürte es, das war nur ein Vorwand für das Einspritzloch, sie wollte ihn verzehren, verschlucken. Es sickerte ja bereits durch alle ihre Ritzen. Marillenmarmelade.

Dabei hatte das Muschelchen wirklich vor, sich als verheiratete Frau nach einer ordentlichen Arbeit umzusehen. Aber wenn ihr einstweilen ein großer blonder Mann Andeutungen zwischen die Beine wie Holzscheite in den Ofen schob, kleine Witzchen wie Papier nachlegte, um alles zu entzünden, erhitzte sie sich gerne und geriet in Glut. Gerne biß sie da in einen Krapfen, bis die Marmelade spritzte.

Conchita hatte einen kleinen, immer wäßrig wirkenden Mund, eine etwas zu lange, leicht gebogene Nase, Kaninchenzähne. Füllige Oberschenkel, so daß sie ihre Füße leicht nach außen drehte, watschelte. Oder waren diese ausgeprägten O-Beine das Ergebnis häufigen

Geschlechtsverkehrs? Kam es vom Ausgezuzeltwerden? Ließe sich vielleicht generell vom Winkel der Füße auf das Geschlechtsleben der Frauen schließen, derart, daß Jungfrauen zu X-, Huren zu O-Beinen tendierten? War es das, was die heilige Rosalia, die Schmerzensmutter von Palermo, dem Fischer als Geheimnis anvertraut hatte? O Grab, o Wundergrab, dem alle Gräber weichen. O Grab, du Sitz des Himmels. Du Bug der Ewigkeiten, o Grab, das einst begrub die Leichen aller Leichen. O Grab, aus dem auch alles wiederkehrt, das ewig ausgezuzelt wird.

Das Vulgäre schließt das Gutaussehende nicht aus. Im Gegenteil, Conchita strahlte etwas Sexuelles aus, etwas, das in den Männern den Jagdinstinkt wachkitzelte. Und da sie einer Ente ähnelte, den Jägern also leichtes Spiel versprach, war man schnell versucht, sie ins Visier zu nehmen und in sie zu schießen. So auch Zsmirgel. Er tauchte ein in diese Sache wie eine Kriegsgesellschaft in eine Schlacht, mit einem Mordshalali, Hunden, die heulten. Fanfaren wurden geblasen, Kanonen aufgestellt, und Pferde trabten aufeinander zu. Trommelwirbel und Soldaten brüllten, fielen, starben. Bajonette wurden in das Fleisch gerannt, man spuckte Schleimsekret, tausend Kugeln aus Gewehren, Beckenstöße, tiefe Wunden, Kanonen wurden abgefeuert, und es rauchte, stank, und alles brüllte, bis am Ende die Erde blutig und das ganze Feld voll Leichen war. Leichen, die in ihrem eigenen, marmeladigen Saft schwammen, in einer Flüssigkeit wie Milch.

Es ist eigenartig, daß sich zwei Fremde, wenn sie sich einander zum Verstehen öffnen, wenig, manchmal nichts zu sagen haben. Zwar dringen sie ineinander ein und überrennen sich, berühren die feuchtesten, intimsten Stellen, schmecken und schlecken sich, doch bleiben sie sich fern, beinahe unberührt, begreifen nichts, als wäre

Inneres nicht zu erfassen, bleiben sie Körper außerhalb vom Selbst, jedem Verständnis abgeneigt – wie zwei nebeneinanderliegende Orangen, ungeschält. So muß, dachte es in Zsmirgel, sich ein Mörder fühlen, ein Mörder, der nur aus der Sehnsucht mordet, einen anderen zu verstehen, zu knacken, aufzubrechen. Mord? Zsmirgels Backen glänzten wie polierte Äpfel. Nach dem Entzweischlagen seiner Kruste sehnte er sich, nach Öffnung und Bruch, nach was Spontanem. Aber wie sollte das gehen?

Conchita war sich ihrer sicher. Wenn sie unterschrieb, unterstrich sie ihre Unterschrift dreimal, so voller Selbstvertrauen war sie. Aber ihre Launen, die sie wie Fingernägel pflegte, interessierten Zsmirgel nicht, nicht einmal ihre Schwangerschaft, die Abtreibung, daß sie Seth gar nicht wirklich liebte, fürchtete, zur Liebe gar nicht fähig zu sein. Und wenn, aber das erzählte sie nicht, denn das wäre ihn etwas angegangen, höchstens zu einer Liebe des Besitzens. Auch aus Zsmirgels Wohnung hatte sie schon diverse Kleinigkeiten mitgehen lassen. Stehlen war das Skelett ihres Seins, die Schale. Stehlen, das hieß Stil, Klasse und Würde. Dummerweise schien es in Wien heute etwas unpopulär zu sein, aber das Möschen hatte keinen Genierer, alles mögliche packte es ein, sogar einen Elfenbein-Buddha.

In Zsmirgels Kopf tummelten sich andere Dinge. Ein ominöses Fax, die von Manker so benannte Lektion zwei. Das waren die Klumpen, die ihn verstopften und an denen er sich staute. Nur nebenbei streichelte er die Süße, weniger wie ein Liebhaber, mehr wie ein Kellner, der einen Tisch abwischt. Nur sein Unterbewußtsein fühlte die Stellen, an denen der Schweiß sich vermengt und sie beide zusammengeklebt hatte. Nur dort roch er ihren Atem. Warme Luft, Gas gewordener Verdauungssaft.

Da war zuerst das Fax, abgeschickt in Lagos, Nigeria, von einem gewissen Oboyo Aifalos, der sich anbot, ihm, dem Managing Director, 26 Millionen US Dollar zu überweisen, folgender Wortlaut:

I hope this letter will not embarass you since we have not had any previous communication. I got your reference from the Nigeria Exports Promotion Council (NEPC) and went further to have it confirmed by your country's trade department under private inquiry that is not related to my aim of writing you this letter.

I on behalf of my other colleagues from different Federal Government of Nigeria ownes parastatals decided to solicit your assistance as regards the transfer of the above stated amount into your bank account. This fund arose from the over-invoicing of various contracts awarded in my parastatals to certain foreign contractors some time ago.

We as holders of official positions in various parastatals were mandated by this new civilian government to scrutinize all payments made certain foreign contractors by the past Military Government and we discovered that some of the contracts they executed were grossly over-invoiced, either by omission or comission. Also we discovered that the sum of $ 26,000 000.– (Twenty-Six-Million United States Dollars Only) was lying in a suspense account, although the foreign contractors were fully paid their entitlements after executing the said contracts.

We all agree that the over-invoiced amount be transfered (for our own use) into a bank account provided by a foreign partner, as the code of conduct of the Federal Civil Service does not allow us to operate foreign accounts.

We are therefore seeking your assistance based in the

balance amount of US $ 26 M which can be speedily processed and fully remitted in your nominated bank account. On successful remittance of the fund into your account you will be compensated with 30 % of the amount for assistance and services and 10 % set aside for expenses contingency.

This transaction is closly knitted and a view of our sensitive position we cannot afford a slip, I assure you that this transaction is 100 % risk free. We will avail you with our identities as regards our respective offices, when relationship is fully established and smooth operation commences.

I am at your disposition to entertain any question from you in respect of this transaction, so contact me immediately through the above telephone (234-1-775.26.51) and fax number (774.83.75) for further information on the requirements and procedure.

Please note that the deal needs utmost confidentiality and your immediate response will be highly appreciated and we will use our own share of the money to establish a lucrative business in your country.

Yours truly
Dr. Oboyo Aifalos

Glück, dieses Wort ließ sich nicht abschütteln, Glück drang wie Sand in jede Ritze seiner Existenz. Glück schmirgelte ihm alles glatt. Glück! Glück! Zsmirgel fühlte sich vom großen Glück nur noch durch eine dünne, zufällige Wand getrennt. Glück. Er roch es schon, es duftete nach Mandelmilch. Glück. Völlig unvermutet hatte er sich in diesen Nebenraum verirrt. Wäre es nicht denkbar, jetzt auch eine Tapetentür zu finden, durch ein kleines

Loch hineinzukriechen? 26 Millionen Dollar, mit so einer Summe hätte man ausgesorgt. Glück zerging auf seiner Zunge, nie mehr Nekrologe schreiben müssen. Glück. Gleichzeitig war Zsmirgel alles so entfernt und unwahrscheinlich wie die Möglichkeit, mit einem Tischtennisball durch eine Ziegelwand zu schießen. 26 Millionen Dollar. Das schlug ein großes Loch in seinen Raum, mauerte alle anderen Ausgänge zu.

Zuerst wollte er davon gar nichts wissen, er zerriß das Fax in 16 gleich große Papierschnitzel. Dann arbeitete es in ihm, wendete und drehte sich. Sicher eine Probe Mankers, die Lektion drei. Bestimmt wollte er ihn testen, dieser Kerl. Gut, konnte er haben.

Mit Tesafilm hatte Zsmirgel alle 16 Teile wieder sorgfältig zusammengeklebt. Auch sein Unterbewußtes redete ihm zu. Vielleicht war Reichtum ja sein Schicksal? Starben deshalb alle Nekrologe? Traf ihn jetzt, wo er wegen der Sterbequote keine Nekrologe mehr schrieb, das Schicksal so? Zsmirgel streckte den Hals wie eine Gans und spuckte aus:

– Wehe, aber wehe, ich werde hier verarscht! Wehe! Dann schreibe ich wieder Nekrologe, sollen sie doch alle sterben. Soll der Rundfunkintendant doch sagen, was er will. Auch mein Mitleid hat einmal ein Ende. Dann faxte er Doktor Aifalos sein Einverständnis, gab seine Kontonummer an und hüpfte wie ein Irrer durch die Wohnung, sang und klatschte, trank und freute sich. 26 Millionen. Das Glück, es lebte.

Kurz darauf schon hatte er ein flaues Gefühl, wie der Thunfisch bei einer Mattanza, wenn er plötzlich merkt, daß es ein Entrinnen nicht mehr gibt, daß er die Netze unterschätzt hat, die Fischerboote und die sonderbaren Wesen Siziliens, die nun una, una, una schreien, ihre Gaffs in seine Flanke schlagen, ihn damit hinaufzerren zu ihrem Boot, um ihn umzubringen, zu verspeisen, den Japanern zu verkaufen. Una, una, una.

Vielleicht bekamen viele Menschen solche Briefe? Vielleicht ging es einer Verbrecherbande bloß darum, Namen samt Kontonummern zu erfahren, um, weiß der Teufel wie, damit etwas anzustellen? Vielleicht war das sein Ende? Es war, als lägen beides, Glück und Unglück, eng beisammen.

– Ein Scherz, sicher ein Scherz, eine Versuchung Mankers, vielleicht schon Lektion drei, knüppelte er alle seine Erwartungen und nahm dieses Gefühl verwirrt zur Kenntnis. Reichtum? Geld? Wohin damit? Wurde ihm eine ganze Meute durch den Kopf gejagt. Una, una, una. Wichtig war es doch, sich selber treu zu sein. Aber soviel Geld? Una, una, una.

Zufällig also war der Thunfisch Zsmirgel wo hineingeschwommen, in den Tunnel einer dunklen Sache, an dessen Ende das Licht eines Vermögens glänzte. Eigenartig, daß immer alle dachten, Geld bedeute das Ende aller Sorgen. Da versprach Lektion zwei schon weniger. Man wolle lediglich, hatte Manker gesagt, eine Baustelle imitieren. Einen Drillich, Werkzeug und eine Schutzbrille solle Zsmirgel sich besorgen, am übernächsten Tag zur Kreuzung Rathausstraße/Parlament kommen, ein Meßgerät mitbringen. Und er lachte, lachte, als entblöße er sich eine Wunde. Dieser Manker. Una, una, una.

III
Die Baustelle

O Haupt voll Blut und Wunden. Picturesofdeath. Das Sterben hilft nichts, das Verschwinden selbst muß man verstehen, das Wechseln des Zustandes, das dabei irgendwie Erotische, voll Schmerz und voller Hohn, das Anziehende am Ausziehenden, am Tod. Denn wirklich nackt macht er, o Haupt, zu Spott gebunden, die schlimmste aller Beleidigungen, mit einer Dornenkron', mit Nägeln in den Händen, Nägeln in den Füßen, einem Stockerl unterm Arsch, die Ungerechtigkeit, das Nichts. Warum sonst haben noch im 19. Jahrhundert die Leute in Palermo ihre Toten angezogen, an die Wand geschnürt, ihnen die Köpfe gerade gerichtet, mit ihnen gesprochen, sie befragt, beschimpft, mit Tratsch versorgt? O Haupt voll Blut und Wunden. Warum sonst wollten sie als ausgetrocknete Leichen in den Kapuzinerkatakomben stehen und den Reden der Hinterbliebenen dargeboten sein? O Haupt voll Blut und Wunden. Gegrüßet seid ihr mir. Warum, wenn nicht, um die Erbärmlichkeit der Existenz zu zeigen? Sic transit gloria mundi. Ein Hoch auf die Erbärmlichkeit. Wer so stirbt, der stirbt wohl.

Während Conchita beim Frauenarzt ihr Gemeinsames abtreiben ließ, blickte Seth auf den Grund des Elends, schwollen seine Augen an und tränten, tauchten ab ins Internet. Aber das Internet kannte keine Nacht. Im Internet war immer Tag, sogar in den allerschwärzesten Seiten. Picturesofdeath.com, Kapuzinerkatakomben der Gegenwart.

Wer da stand, der stand wohl. Unfälle gab es da, Selbstmörder, einen Tischler, den seine eigene Bandsäge durchschnitten hatte, zerschossene, zerfetzte, zerquetschte, überfahrene Gesichter, frisches und gestocktes Blut, Körper, aus denen die Gedärme quollen, verbrannte, angesengte Haut, schreiende, blutende, zerschundene Körper, Haarbüschel, raushängende Augäpfel, Menschenüberreste. Leichen. O Haupt voll Blut und Wunden. Gegrüßet seid ihr mir.

Und Seth, benannt nach dem unbekannten, dem vergessenen dritten Sohn von Adam und Eva, Seth, den diese Picturesofdeath-Grauslichkeiten faszinierten, diesen auf tausend Arten umgebrachten Abel, Seth, der über sich selbst erschrocken war, wie ruhig diese Bilder in ihn einsickern konnten, daß sie nichts zum Überlaufen brachten und nichts aufschwemmten, dieser Seth war doch erfüllt von Traurigkeit, von einem großen schwarzen Loch, in das der Fötus nun fiel. Kalt war ihm und elend, frostig, als ginge es ans Sterben. Nun hatte es Seth also erwischt, saß der Alb ihm wie ein Bügeleisen im Genick, lag er selber auf dem Bauch, hingestreckt auf einem Brett, ließ er die Ärmel baumeln wie ein Hemd. Wer so liegt, der liegt wohl. Niedergebügelt.

Vermutlich hatte Pasqualina recht. Es war ein Fehler, eine Schwangerschaft abzubrechen, ein Gespenst setzte man so in die Welt. Ein Gespenst, das immer über ihrer Ehe schweben würde. Abtreiben, hatte die Dicke gesagt, abtreiben heißt das Schicksal provozieren, man kupiert ihm einen Zweig, man kastriert das Schicksal, hindert es am Weiterwachsen, etwas staut sich an, stockt, ist irritiert. Es kommt zu einem Ungleichgewicht der Säfte, bis diese Energie an anderer Stelle raus will, eine Blase bildet, die irgendwann einmal platzt und einen überfällt. O Haupt voll Blut und Wunden, das du ausgeschüttet bist.

Mit jedem Schmerz fallen dem stacheligen Leben ein paar Stacheln aus, wächst einem eine Hornhaut, wird man abgestumpfter und ein wenig unlebendiger. Seth aber blieb sensibel, er empfand jede Heiterkeit als Zuspitzung. Tief in seinem Herzen spürte er, daß die Süße ihn piesackte, ihn mißbrauchte, seine Liebe nur bespitzelte, ihn häkelte. Sonst wäre sie nicht so entschlossen für diese Abtreibung gewesen, hätte sie mehr für das Kind votiert und nicht für dessen Tod. Und einer solchen Frau mußte er Nadelkissen sein. Wie ein Igel kam er sich vor, dem die Stacheln ins eigene Fleisch wuchsen. Kurz spürte er, wie der Haß gegen alles Weibliche aus allen seinen Poren lief. Wie in einer Eisernen Jungfrau fühlte er sich eingesperrt. Er wollte sich selbst anzapfen, masturbieren, einer billigen Internet-Hure ins Gesicht spritzen. O Haupt voll Blut und Wunden.

Schon war er in den Seiten drin, hatte die Hose aufgemacht, da war ein Schaben, die Drehbewegung des Wohnungsschlüssels zu hören. Stimmensalat. Schnell die Hose rauf, momento mori, den Gürtel zu, schnell raus aus diesem Internet. Sic transit gloria mundi.

– Eine Hitze steht da draußen, eine Bruthitze, man fühlt sich wie ein Hendl im Grill, wie in einem Uterus.

– Ein Faustschlag, diese Hitze.

– Wasser, sofort Wasser.

Conchita, das Muschelchen, war unterwegs auf Gloria, die Verrückte, getroffen, hatte sie gleich mitgebracht. Die hatte Seth gerade noch gefehlt.

Menschen haben Angst vor großen Lichtern, sie haben Angst vor der Intelligenz, daher mögen sie die Dummen, ihre Schatten, die Aureole des sie umgebenden Dämmerlichts. Aber dumm? Dumm war die Verrückte nicht. Ihr fehlte nur die Maske der Verstellung.

Heute aber ging es doch zu weit. In den Hauptdarsteller der Vorabendserie »Herkules« hatte sie sich verliebt, und seine Homepage hatte ihr bestätigt, was sie ohnehin längst wußte, Herkules, er war ein guter Mensch. Ein Humanist, ja, eine Geistesgröße! Sogar eine Stiftung für Waisenkinder hatte er gegründet. Herkules! Was für ein Mann. Und diese Muskeln, dieser Mensch kann sich in eine Frau hineinschieben, o Herkules, o Herkules, sie liebte ihn. Die Stiftung und ihr Bankkonto, das paßte gut zusammen, nicht? Herkules und Gloria, wie das schon klang.

Die Liebe? Die Liebe will nur auf sich selbst hinaus, sie denkt nicht nach und auch nicht vor, die Liebe, sie ist einfach da und bleibt oder verschwindet – man weiß nicht wie und nicht warum. Die Liebe ist ein unergründlicher Abgrund mit tiefen Sprüngen, Kratern, Schluchten. Die Liebe. Die meisten, die sich in sie stürzen, sind verloren. Ruft man hinab, kommt nichts zurück, nur Stille, Unverständnis. Nur selten leises Echo, Erwiderung so gut wie nie. Aber Herkules, das war ein Mann, kein Waschlappen wie ihr auf Sizilien lebender Linimeyer. Herkules, geriet Gloria in Verzückung, Herkules hätte ich heiraten müssen, nicht Linimeyer. Herkules, der hatte eine Stiftung. Herkules, das machte etwas her.

– Herkules und du? Das ist ja wie die Sonne und die Nasa, quietschte Conchita. Du kannst Satelliten schicken, soviel du willst. Alle werden sie verglühen.

– Sein Singen regt doch wirklich jeden auf. Außerdem ist das ein Schwuler, versetzte Seth ihr einen Stoß, als wäre sie ein Pfefferkorn in seinem Mörser.

– Nie, schrie Gloria. Nie, nie, nie. Ich werde ihm schreiben, meine Liebe ihm gestehen, daß ich mich von Linimeyer trennen, frei sein werde nur für ihn, für Herkules.

Ihre Augen glänzten. Der Lack ihres Geizes brach, darunter war sie schön. Eine Photokopie meines Sparbuchs werde ich ihm schicken, nur damit er sieht. Sonst glaubt er noch, ich will sein Geld.

– Da antwortet doch nur seine Sekretärin, tippte sich Conchita, die süße Conchita, an die Stirn. Eine vorgedruckte Antwortkarte bekommst du und sonst nichts.

– Nicht mit mir. Ich werde ihm so schreiben, daß er mir antworten muß, muß, muß. Herkules, ach Herkules. Er hat im gleichen Jahr Geburtstag wie ich. Wenn das kein Omen ist.

– Und weiß er, daß du Läuse hast? stieß Seth nun wieder zu. Er traf das glorifizierte Korn, sofort brannte allen der Linimeyer-Pfeffer in der Nase. Gloria kreischte.

– Läuse? Woher weißt du das? Läuse? Das sieht dir ähnlich, daß du solche Sachen weißt. Deine Frau, deine zukünftige Frau, die blöde Kuh, hat es dir erzählt? Läuse? Ich und Läuse? Läuse und ich? sah man Nattern aus Glorias Augen hervorkriechen, Gift spritzen. Läuse? Ich und Läuse? Pah.

Tatsächlich war Seth die Sache mit den Läusen ausgekommen wie dem Tierhändler ein Meerschweinchen. Nur unter dem Gebot der Vorsicht hatte Conchita es ihm anvertraut, wie auch die Sache mit dem Klo. Man lernte Menschen kennen, freundete sich an, hörte ihnen zu, heuchelte Verständnis, aber kaum hatten sie einem den Rücken zugewandt, machte man sie schon herunter, um sich selbst damit zu erhöhen. Und nun ließ Seth so eine meerschweinerne Vernichtung einfach davonlaufen, mußte man zusehen, wie sie Ekel erregte, gefangen und zerstückelt wurde. Arschloch, dachte Conchita, und spürte, wie ihr das Blut in den Kopf schoß, wie sie rot wurde. Verdammt.

Dabei war es die Wahrheit. Eines Tages hatte die Verrückte Läuse an sich festgestellt, zumindest hatte sie's behauptet. Und weil sie um ihre tolle Haarpracht fürchtete, tobte sie, bekam Schreikrämpfe, schlug auf Jurst und Schinkel ein, erzählte gleich, warum. Pediculus capitis. Rasieren, das wunderbar gelockte Haar, bis auf die Kopfhaut abrasieren? Entsetzlich. Wie eine Creme brûlée sähe sie dann aus, ein Krebskranker, wie eine molchblasse Gestalt. Glatzköpfe tupften sich doch ständig auf die Stirn. Einen Glatzkopf würde Herkules nicht lieben, und auch Orkan Görkhan und Frau Wurzel würden sie ohne Haare nicht mehr kennen. Glatze? Das wäre ihr Ruin, das Ende ihrer Kraft. Also ging sie in eine Apotheke, erkundigte sie sich. Und tatsächlich gab es da ein Lausshampoo. Als Gloria aber den Preis erfuhr, wetterte sie los.

– Wucher! Ausbeutung! Skandal! sie schrie so laut, daß sich der Apotheker die Ohren zuhalten mußte. Eine Hysterische, verließen die anderen Kunden sofort das Geschäft.

– Ruhe, oder ich rufe die Polizei, stammelte der Apotheker.

– Wucher! Ausbeutung, Betrug, kreischte Gloria. 480 Schilling? Wofür?

– Ich könnte ihnen etwas nachlassen.

– Glauben Sie, ich brauche Almosen? Beleidigen Sie mich nicht. Wieviel?

– 20 Prozent.

– Sie Bandit, verließ sie schreiend das Geschäft. 20 Prozent? Betrug!

Da Gloria aber wirklich etwas verrückt war, kaufte sie sich statt dem Lausshampoo einen WC-Reiniger namens Bluestar, ein Sommer wie damals. Was gegen Kalkablagerungen gut war, konnte auch bei Läusen nützen. Zweimal täglich wusch sie sich damit. Und? Es schien tatsächlich gewirkt zu haben. Bluestar, ein Sommer wie damals – und eine ungeahnte Frische füllt Sie aus. Zwar fiel so manchem auf, der in dieser Zeit neben ihr zu stehen kam, daß der Geruch ihres Eau de Toilette ein bißchen gar nach Sommer und damals schmeckte, aber gut, trat man eben einen Schritt zurück. Wahrscheinlich eine Klofrau, dachten wohl die meisten. Und sah sie nicht auch aus wie ein Klobesen? Ein dünner, knochiger Körper, Wuschelhaar.

Seth hatte bei ihrem Anblick das Gefühl, er habe einen unverdauten Klumpen im Magen, ein Gewölle, wie es Raubvögel essen, um zu kotzen. Er schaute in die Luft, nicht in ihr Gesicht. Denn das Grausen, das ihm hochschlug, war heftiger als alle Bilder des Todes zusammen. Einen Anlauf nahm der Ekel, sprang dann hoch, und beinahe mußte Seth sich übergeben. Er wußte, daß Gloria, die Verrückte, sich aus Sparsamkeit nur selten wusch, Conchita, das Muschelchen, hatte ihm von ihrem Schamhaar erzählt, das angeblich bis fast zum Knie hinunter reichte – wie Fell. Schon das hätte für eine kleine Ekelwelle gereicht. Doch es gab noch eine andere Meerschweinerei, die sich aufschaukelte, anschwoll, grollte wie eine Ladung Speiberling im Bauch.

Glorias kleine Wohnung nämlich – in Wien nennt man so was Garconniere – besaß keine eigene Toilette, es gab nur ein Gemeinschaftsklo am Gang. Nun nennen die Wiener einen solchen Lokus schon von Haus aus und ohne Genierer Häusl, und das nicht ohne Grund, ist er doch ein Rest aus einer anderen Zeit und im Regelfall erbärmlich, dreckig und verstunken. Die Gloriette aber, so bezeichnete Gloria ihr Häusl, schien alle diesbezüglichen Extreme weit zu übertreffen.

Die alte, von Würmern zerfressene Holztür hatte derart

breite Schlitze, daß man bequem vom Gang aus ins Innere des sogenannten Häusls sehen konnte. Ein Klodeckel fehlte ebenso wie die Spülkette, mit der sich angeblich einmal einer aufgehängt hatte. Der Spülkasten war mit Exkrementen vollgeschmiert, und der Majolika-Fliesenboden erinnerte an ein löchriges Gebiß. Auch stank es so entsetzlich, daß man meinen konnte, alle Fäkalien, die dieses Klo je in die Kanalisation geleitet hatte, hätten sich zum Obolus in Schichten abgelegt. Tonnenweise Scheiße. Stalagmiten, Stalaktiten. Schicht auf Schicht. Fürchterlich. Gloria schaute nur ein einziges Mal hinein, kniff die Augen zu und sagte: Heiliger Pompfinazius von Zweifelschiß! Vor dir fürchte ich mich.

Nein, sie brachte es nicht fertig, diese Gloriette zu benützen, was durchaus menschlich war. Doch brachte das Menschliche nicht minder menschliche Probleme mit sich. Gut, pinkeln konnte sie, wenn auch umständlich, ins Waschbecken. Das Ding war klein, rund, und ein riesiger, nicht zu bewegender Wasserhahn stand ihr im Weg, aber es ging, sie hatte sich dazu extra einen großen Trichter angeschafft. Aber wohin mit ihren Würstchen, Knödeln und Häufchen? Auch wenn sie wie alle geizigen Leute zur Hartleibigkeit neigte und sich nur von Erbsen-Karotten-Gemüse ernährte, einmal in der Woche mußte sogar sie. Die Wohnung lag im fünften Stock, und ständig ins Café zu rennen war nicht nur anstrengend, sondern auch peinlich. Bald schon würde es heißen, das ist die, die Scheißen kommt, die Scheißerin.

Also kreierte sie die Kapuzinergruft! Allerdings hatte diese ihre glorreiche Kapuzinergruft weder etwas mit dem Grab der Habsburger noch mit den Katakomben in Palermo zu tun. Bei den Kapuzinern wurde konserviert, bei der Linimeyer entsorgt. Da die Touristenattraktion, dort das

Privatgeschäft. Gloria nahm die kleinen Nylonsackerln, die gefüllt mit Reklame täglich an der Tür hingen, riß sie auf zu einem Rechteck, schiß darauf und warf die Bündel später auf den Müll. Die Prospekte benutzte sie als Klopapier. Genaugenommen gar nicht dumm. Seth aber jagten Fratzen durch den Kopf, die Kapuzinergruft, die Schambehaarung bis zum Knie, die Gloriette, kein Genierer, Läuse und das andere Gloria-Gesindel, das alles wollte er nicht auf einem Logenplatz in seinem Hirn, das alles ekelte ihn sehr.

– Ich und Läuse? Ich habe keine Läuse mehr, brüllte Gloria. Hier, bitte, greif hinein, völlig entlaust. Und ehe Seth wußte, wie ihm geschah, hatte sie schon seine Hand gepackt und in ihr Haar getaucht. Der Griff in eine Schlangengrube! Seth schloß die Augen, Himmel hilf!, hielt den Atem an und war nahe am Herzinfarkt. Doch zu seiner Verwunderung mußte er sich eingestehen, daß nichts geschah, weder ein Zwicken noch ein Beißen, nicht einmal ein Kitzeln, Jucken oder Rieseln. Nichts. Kaum war die Hand wieder draußen, sah er sie ungläubig an und schüttelte sie unwillkürlich.

– Wie war es denn beim Arzt, suchte er nach einem Halt, erwischte eine Zange und drückte damit auf Conchita. Die biß die Zähne zusammen. Tränen traten ihr in die Augen, doch sie öffnete nicht ihre Schale, preßte bloß aus sich heraus:

– Depilieren habe ich mich lassen, auch am Unterarm, rundherum, am Bauch und an den Schenkeln, bei der Muschi habe ich mir nichts als einen Strich gelassen. Alles glatt. Sogar die Finger manikürt, alles depiliert.

– Ich, lachte die Verrückte, laß mir einen Schnurrbart wachsen. Sie zeigte auf den Schatten ihrer Lippe. Wer wird denn so blöd sein und für diesen Schnickschnack

Geld ausgeben? Wächst ja doch nur wieder nach. Und Fingernägel? Fingernägel kann man abbeißen. Und zur Demonstration biß sie gleich in einen rein, daß das Nagelbett ganz blau wurde. Wenn Herkules mich liebt, dann liebt er mich auch so, so wie ich bin.

– Warum schreist du eigentlich immer? Eine kleine Falte erschien an Seths Nasenwurzel. Unangemeldete Besuche haßte er, diese argentinische Unart, einfach vorbeizukommen, weil es auf dem Weg liegt. Wofür hielt man ihn? Für eine Raststation? Da war er europäisch, liebte er die Anmeldung, den guten Ton. Da wurde man nicht überrollt und ganz verdreht, daß nichts mehr in einem paßte, alles durcheinander war.

– Ich schreie? schrie Gloria jetzt erst recht. So ist das also. Darf man hier nicht einmal mehr normal reden, schon heißt es pscht, pscht, nicht so laut. Das ist ja wie in einer Diktatur. Nicht einmal reden darf man hier. Ihr seid ja schon wie alle anderen Österreicher, dieselben Maulwürfe. Die schauen auch immer gleich, wenn man was sagt.

– Und warum hast du dann angegriffene Stimmbänder, wenn du nicht schreist?

– Ich? Ich weiß ja nicht einmal, was Stimmbänder sind. Wie können sie da angegriffen sein?

– Wie sehen Stimmbänder eigentlich aus?

– Wie eine Muschi.

– Depiliert? Mit einem Strich Behaarung?

– Ist mir wirklich passiert, hob Conchita den Kopf, rollte mit den Augen und war froh, Seths Zange nicht mehr zu spüren.

– Was?

– Im Naturkundemuseum in Mar del Plata habe ich mir an einem Halsquerschnitt die Stimmbänder angesehen. Wie eine Muschi, habe ich mir gedacht, genau wie eine Muschi, Lippen, Linsenform und alles, und genau in diesem Augenblick ist einer angeschlichen gekommen und hat mir ins Ohr geflüstert: ›Wie bei dir?‹ Na, das war gut. Ich bin gleich rot geworden, hab' sicher ausgesehen wie ein angehauter Schwanz. So habe ich den Manker kennengelernt, diesen Betrüger. Aber an dem räche ich mich noch.

– Das, kreischte Gloria, erinnert mich an Jurst und Schinkel.

– Wie man dir Kleinkinder anvertrauen kann – verantwortungslos! Übrigens müssen wir noch für die Hochzeit – .

– Jurst und Schinkel sind auf allen vieren, strecken den Arsch raus und schreien: Gloria! Gloria! Wischen, wischen, wischen. Wisch uns den Arsch aus, Gloria. Wisch uns den Arsch aus. Wisch uns den Arsch aus, Gloria. Scheiß Montessori-Kindergarten, wo die Kinder nicht einmal richtig scheißen lernen. Wischen, wischen, wischen. Und dann furzen sie dabei. Widerliche Kinder. Jurst und Schinkel. Gloria hielt ihren eigenen Kopf in Händen, drehte ihn brutal herum, einen offenen Mund bekam sie, Glupschaugen, ihre Zunge leckte durch die Luft, während sie schrie: Wischen, wischen, wischen.

Seth empfand das Geschrei als übertrieben. Er riß den Picturesofdeath-Leichen die Köpfe ab, setzte ihnen den von Gloria darauf. Hätte er die Kapuzinerkatakomben gekannt, er hätte in den Totenschädeln Gloria gesehen, er hätte sie dazugestellt, diese Verrückte, diese Meerschweinerei.

– Gloria, bitte, warum gehst du nicht der jüdischen Gemeinde auf die Nerven?

– Ach, die, wer die sieht, hält sie für ausgetrocknete, bigotte Menschen, saftlos durch und durch, außerdem hasse ich Vereinigungen, wurde Glorias Mund zu einem Spülkasten voller Gemeinheiten. Tatsächlich hatte ihr die jüdische Gemeinde mitgeteilt, daß man sie für aufdringlich, verrückt und überflüssig hielt.

So sind sie, die Menschen, unfreundlich, klotzig und gemein, nur auf ihren Vorteil aus, karrieregeil und böse. Kaum widerstrebt ihnen wer, versuchen sie ihn abzuschleifen. Angst vor Kanten haben sie und Angst vor Nähe, davor, aufgerissen zu werden, zu verbluten. Es können Kleinigkeiten sein, Vorsprünge, die ihnen Angst einjagen. Wenn jemand zu laut spricht, sich auffällig bewegt, zu lange lacht. Schon sind sie irritiert, versuchen sie, Abstand zu gewinnen, fürchten sie um die Sicherheit in ihrer Kapsel – auch wenn es darin eng ist und sich nichts als Alltag staut, nichts als Pflicht und Langeweile, sie gehen auf Nummer Sicher, sie gehen auf Distanz, ziehen sich zurück in ihr Maulwurfsloch.

Also war auch Seth erleichtert, als die Verrückte eine Andeutung von wegen Hochzeitsvorbereitungen endlich verstehen wollte und sich zum Gehen entschloß.

– Die sind wir los. Endlich.

Draußen zerrieb die Großstadt mit ihrem Lärm den Nachmittag, ein dunkler Wolkenteppich war ausgerollt, der Wind klatschte alles nieder, und es konnte nicht mehr lange dauern, bis ein ordentliches Sommergewitter vom Himmel fiel. Tische und Sessel wurden vom Gehsteig geräumt, Frauen pflückten schnell die Wäsche von der Leine, Vögel flogen schon sehr tief, und Hunde verkrochen sich unter einem Tisch. Nur Mücken, zu Schwärmen eingedickt, feierten das Fest ihrer kurzen Existenz. Aus einem offenen Fenster kam Klaviermusik, ruhig, absurd besinnlich, ignorant.

Wortlos nahm die Süße ein Glas Lacrima Christi, trank

es aus. Sie geriet förmlich in das Trinken hinein, in einen langen, warmen Schluck, zu süß. Sie fühlte sich allein mit einer leeren, aufgespannten Welt in sich, wie eine Muschel ohne Fleisch. Es ist entwürdigend, blies sie hinein, entwürdigend, daß Männer nicht mehr von den Augen lesen können, daß man alles aussprechen muß. Sie erfinden technisches Gerät, Telephone, Satelliten, aber um die einfachsten Gefühle ihrer Frauen kümmern sie sich nicht. Sie ignorieren sie, schauen weg und schweigen. Man müßte etwas sagen, aber Aussprechen ist entwürdigend. Aussprechen ist das Letzte. Und so kümmert man dahin, erstarrt man in einer Dornröschenpose, wartet und wartet und wartet und wartet, aber nichts, nichts passiert, 99 Jahre nichts. Bis irgendwann die süße Hoffnung ranzig wird, umschlägt und als Stinkendes herauskommt. Der Prinz kämpft sich noch durch das hundertjährige Dickicht, aber im Inneren des Schlosses wohnt schon längst kein fein herausgeputztes Dornröschen mehr, kein zartes Muschelfleisch, kein filigranes Mädchen, kein ewig haltbares Döschen, sondern ein altes, stinkendes, angefaultes Monster, dem die Haut herunterfällt. So entwürdigend ist das.

Aber nein, stimmte alles nicht, da war ja schon Seth, Conchita zu kosen, zu trösten.

– Wie ist es gewesen? Die Abtreibung, war sie schlimm? Was hat der böse Onkel Doktor angestellt mit meinem Muschelchen? Was hat er getan?

– Warum sind Frauenärzte so pervers? Schon der Stuhl ist wie in einer Folterkammer. Eine alte, böse Assistentin.

– Gynäkologen? Ich glaube, die sind alle schwul, nicht von Haus aus, aber schwul geworden. Das ist eine Berufskrankheit bei denen. Die müssen.

– Und dann machen sie einen Abstrich, ob man Krebs hat oder nicht, und betonen das noch richtig: ›Sehen wir mal nach, wie lange Sie noch leben.‹ Man wird behandelt wie der letzte Dreck. Conchita weinte, wie ein heftiger Sommerregen ergossen sich die Tränen über ihr Gesicht. Ihr schien die Zeit stillzustehen, sie fiel aus ihr heraus. Und die Verkehrszeichen in ihrem Gesicht verschmierten, Lippenstift, Rouge, Kajal, alles floß nun auseinander, brüllte: Wie hätte ich dieses Kind denn überhaupt ernähren sollen? Vorher muß ich arbeiten, damit ich Karenzgeld bekomme und wir eine Wohnung haben, eine Versicherung. Aber stell dir vor, Seth, ich bin total verunsichert worden, weil vor der Klinik am Fleischmarkt –.

– Am Fleischmarkt?

– Die größte Abtreibungsklinik Wiens ist am Fleischmarkt, so heißt das. Vor der Klinik sind zwei alte Damen gestanden und haben gekeppelt. Daß ich Leben töte, haben sie mich angepöbelt, Mörderin, haben sie mich geschimpft, Mörderin, und daß ich einen Fehler mache. Mörderin. Ungeborenes gehört geschützt, haben sie skandiert, lang lebe Karol Wojtyla, lang lebe Karol Wojtyla. Mörderin! Mörderin!

– Und du? Du hast es nicht getan? Seth wurmisierte vor sich hin, starrte ins Nichts. Sein etwas zu lang geratenes Gesicht zog sich noch mehr in die Länge.

– Es waren häßliche alte Vetteln mit weißem Flaum und schwarzen Warzen im Gesicht. Stell dir vor, die hatten einen solchen Mutterkomplex, daß ihnen richtige Brustwarzen im Gesicht gewachsen sind. Aber behaart. Na, das Baby möchte ich sehen, das sich darauf stürzt. Und angezogen waren die. Burberrys-Staubmantel und Jeans zum Schnüren, rosarote Gürtel, Tennisschuhe, Trachtenhut mit Federn.

– Du hast es nicht? kroch Seth aus seiner Erde, schnellte mit dem Kopf empor wie ein Tümmler übers Wasser.

– Die Sekretärin, nahm Conchita, die süße Conchita, das Würmchen Seth auf ihre Hand, ließ es herumkriechen, die Sekretärin hat mich gefragt, ob ich mir alles überlegt habe, ob es wirklich keine andere Möglichkeit gibt, ich mir bewußt bin, was ich tue. Ob es wirklich gar nicht anders geht?

– Du hast es nicht getan? ringelte Seth sich aus, drehte sich um die eigene Achse und machte eine Schraube. Nicht getan? Er wollte Conchita fest in die Augen schauen, doch er sah nur in die Nasenwurzel, traute sich noch nicht zu mehr.

– Der Krankenpfleger hat gemeint, man kann es schaffen, legte Conchita ihr Würmchen auf den Küchentisch. Ein Kind, hat er gesagt, ist wie ein Amulett, ein Kind bringt immer Glück. Ein Kind ist ein Geschenk.

– Nicht? Du hast es nicht! machte Seth, das Würmchen, kleine Saltos und grinste über sein Gesicht, als würde über allen Dörfern ausgeläutet werden, daß das Angeln nun verboten war, man Würmer schützen müsse.

– Der Arzt hat gesagt, es ist nur eine Zelle, eine Amphibie, ein kleines Krokodil, es hat ein Herz, vielleicht auch eine Wirbelsäule, aber kein Hirn und keine Seele, es ist nichts. Verstehst du, nichts, ein Fingernagel nur, ein Schleim, ein Schlatz.

– Du hast? Das Würmchen erstarrte, sein Erstaunen hob es aus den Angeln. Picturesofdeath.

– Ja. Ja. Natürlich. Wieso nicht? Das war wie eine Guillotine. Das Würmchen war durchtrennt.

Da blitzte es am Himmel, entlud sich eine ungeheure Energie als Donner, begann ein Regen, heftig, wie wenn die Atmosphäre Millionen Hoden hätte, die alle zur Faust geballt auf diese Erde spritzen wollten. Und es blitzte, daß man dachte, dieser Himmel hätte Millionen Penissen

Kondome übergezogen, die nun alle gleichzeitig platzten. Wortlos krochen alle Würmchen Seths zurück ins Internet, die Bilder von den Leichen anzuschauen, sich so zu verhalten, als sei die Welt noch eine wirkliche geblieben und nicht voller Hoden und Kondome, voller abgetrennter Köpfe, rausgekratzter kleiner Körper, so, als sei die Welt noch heil, so, als liebten sie sich noch.

Die Süße aber trank noch eine Flasche Wein, Montepulciano d'Abruzzo, war schon bald ein unbeweglicher, hartgeronnener Patzen, hart wie Mandelkekse, in sich selbst gestockt, besoffen. Sie war unzufrieden, neidig auf die Dicke, die hatte eine Familie, neidig auf die Verrückte, die hatte ein Konto. An Manker dachte sie, sein breites Grinsen, wie er sie damals im Museum angelächelt hatte: »Wie bei dir?« – dieses Schwein. Sie liebte ihn noch immer. Draußen glühte der Himmel, verkohlte.

Samstag. Ob die Erde merkt, wie überall, in allen Discotheken dieser Welt an Samstagen getrampelt wird? Ob sie die Resonanz spürt? Und wenn? Wie soll sie zeigen, daß sie traurig ist? Augen, wenn man traurig ist, sehen aus wie dunkle Trümmer. Steine sind die Menschen dann, hart und kalt. Aber die Welt? Ob sie sich Gedanken macht? Warum begeistern sich die Menschen denn für nichts mehr außer Sport? Warum sind alle so passiv, klappen bloß noch ihre Bäuche aus dem Fenster, hängen sich den Nacken über das Gesicht, das Saugnack, wie man es in Bayern nennt, lassen sich gehen, abhängen wie Schinken? Kein Genierer. Steter Tropfen höhlt den Stein, und wie ein Stein so fühlte sich auch Pasqualina, schwer, von Fettreifen umgeben, rund wie der Saturn mit seinem Ring oder das Michelinmännchen. Ein Stein, aber wie Franz Kafka kompliziert. Die Augen schwarz. Blut höhlte sie aus, das war ihr steter Tropfen. Blut schwemmte sie auf, mit Fett war sie überzogen. Ihr Gesicht sah aus wie aufgegangener, ungebackener Hefeteig. Wenn sie tanzte, wackelte alles an ihr, hatte sie Angst, man lache über sie. Also blieb sie lieber zu Hause, dachte nach. Über die Erde, über die Samstage. Woher kommen wir? Wohin gehen wir? Sind die kleinen, sich in den Augenecken bildenden Klümpchen junge Steine? Oder sind sie doch nur fest gewordener Eiter? Menschen, die keine Tränenflüssigkeit mehr haben, werden zu Steinen, verklumpen. Sie härten aus zu großen Brocken, zerbröseln irgendwann und werden Staub. Da nützt das eingespritzte Silikon nichts, die Make-up-Schicht, das In-die-Disco-Gehen. Zuerst beschweren wir uns mit Essen, aber später werden wir zu nichts. Zurückgekommen ist noch keiner, einmal Stein, immer Stein, mit dunklen Augen fängt es an. Und es dauert bis zum Sonntag.

Pasqualinas Vater, die Asche

Nach und nach kam in Pasqualina eine schlimme Gewißheit zum Durchbruch. Wie die Sonne, wenn sie mit den Buchsbaumreihen kämpfte, sie durchstach und blendete, so wurde ihr bewußt, daß ihr Vater nun weg war, nie mehr wiederkam. Und wenn es auch genau während seiner Einäscherung am Dach ihres mehrere tausend Kilometer entfernten Hauses gebrannt hatte, Nietzsche-Bücher aus den Regalen gefallen waren, die Kombitherme ausgefallen war, sich sonderbare, wie Schritte und Türenknallen klingende Geräusche auf dem Anrufbeantworter fanden, blieb doch nichts von ihm zurück. Nichts. Die riesigen Massen seines Körpers waren weg. Ihr Vater war verschwunden, abgetaucht durch 33 Schichten Nebel, hinein in eine andere Welt, ins Unverständliche.

Pasqualina war, als hätte jemand einen Zwinger mit scharfen Hunden aufgetan, die sich nun alle auf sie stürzten. Nicht über den Toten war sie traurig, sondern über ihr Alleingelassensein. Darüber, daß ihr Lieferantendasein nun zu Ende war, daß ihr der Empfänger fehlte. Hatte sie womöglich nur eine Projektion ihres Vaters gelebt? So wie alle Kinder?

Wenn man ein kleines Steinchen in die Höhe wirft, damit es einem auf den Kopf fällt, verursacht das eine andere Art Schmerz, als wenn man Erdklümpchen, Tannenzapfen oder Holzklötze in die Höhe wirft. Ein kleines Steinchen schmerzt viel mehr. Aber der Tod des Vaters war kein kleines Steinchen, das war ein ganzer Felsbrocken, ein Berg. Der Tod des Vaters war der allergrößte Schmerz, das Maximum. Nichts war übriggeblieben von seiner titanischen Stärke, nichts von seiner Kraft. Nichts würde mehr so sein, wie es gewesen war. Alles war kaputt und leer, alles vom Steinschlag zugedeckt. Ein ganzes Leben. Fort.

In den fünfziger Jahren hatte es Alfred Haase nach Argentinien gezogen, und es hatte sich ihm ausgezahlt. Er ersann den Namen Tonymontana, machte Geld, gründete eine Familie, brachte es in Buenos Aires zum Generaldirektor einer Ölgesellschaft, wurde Kassier im Jockey-Club, bekam Wülste im Gesicht, eine vorstehende Oberlippe, wie sie Schlemmern vom vielen Schlürfen wächst, und einen Bauch. Nun war es aus damit, vorbei. Die Oberlippe war verbrannt, und Asche war die Zunge, das restliche Gesicht, der ganze Tonymontana – alles Asche, Staub und Asche, nur die Goldzähne und der Herzschrittmacher nicht.

Die Menschen träumten von der Liebe, davon, ihrem Dasein zu entfliehen, und keineswegs von einer Einsegnung. Nur zwei Menschen waren zur Einäscherung gekommen, alle anderen drückten sich. Alfred Tonymontana hatte eine Neigung, andere zu überrollen. Immer kullerte ihm was bergab, Zynismus, Ironie. Heilig war ihm nichts. Man ging ihm besser aus dem Weg. Jetzt war damit Schluß. Asche.

Jetzt stand Alfred Tonymontana im Einweckglas. Seine dicke Tochter, die sich wie Franz Kafka fühlte, kompliziert, hatte ihn nach Europa mitgenommen, damit er nicht in Argentinien begraben werden mußte, nicht in diesem fremd gebliebenen Land. In Wien, seiner Heimatstadt, wollte sie ihn verstreuen, nach Wien gehörte er. Nach Wien, wo die Fiakerpferde auf die Straße schissen, das Theater wichtiger war als alle Politik, und wo die Leute unentwegt Heurigenlieder sangen, Wien, Wien, nur du allein, sollst mein Friedhof sein.

Heute war es endlich soweit. Pasqualina nahm ihren zweijährigen Oskar, zwängte das mit Vater gefüllte Einmachglas in ihre Kunstlederhandtasche und marschierte Richtung Heldenplatz. Noch standen Regenpfützen in den Straßen, aber die Sonne war schon wieder durstig, schlürfte alles auf.

Fragt man jemand, sag, glaubst du, daß du sterben mußt, glaubst du es, so sagt er nein, denn er versteht es nicht, Vater unser im Himmel, das Leben und den Weltraum, alles, nicht einmal die Tiefen seiner selbst. Das Universum ist ein Fleck, nichts ist linear, alles hopst und springt und spritzt und jauchzt, Zufälle überall. Dinge, die wir nicht begreifen. Grind. Die scheinbare Ordnung wird immer wieder durcheinandergebracht, befleckt. Geisterfahrer,

Amokläufer, Unwetter, ständig richtet sich ein Chaos an. Ständig köchelt etwas, steigt, geht auf, brennt an, dauernd riecht es nach Verkohltem, geht etwas kaputt, richtet irgend etwas Schaden an, zerstört, befleckt. Erdbeben, Massenmörder, Flugzeugabstürze, Überschwemmungen. Die, die nicht betroffen sind, freuen sich, weil jede Katastrophe ein sonderbares, warmes Gefühl erweckt, fröhlich macht.

Die österliche Pasqualina lächelte beschwingt, als sie an den wütenden, in den Stau geklemmten Autofahrern vorüberschwebte. Das Unglück der anderen, es beflügelt, es lenkt ab. Wie auch wir verzeihen unseren Schuldigern. Schließlich war sie wieder unsicher geworden. Sollte sie die Asche nicht besser in die Donau streuen? Im Namen des Vaters. Oder in eine Eieruhr füllen lassen? Des Sohnes und des heiligen Geistes. Sie einem Maler geben, damit er ihr mit Eitempera, Leim und dieser Asche ein Bild malte? Das »Judith und Holofernes«-Bild der Artemisia Gentileschi könnte er kopieren. Oder sollte sie aus dem Ferment ihres Vaters einen Ziegelstein brennen lassen, ihn auf eine Baustelle schmuggeln, damit er so ein Haus beseelte? Sprich nur ein Wort, und meine Seele wird gesund. Oder mit diesem Ziegel ein Fenster der israelischen Botschaft einschmeißen? Das würde ihm gefallen, dem alten Antisemiten Alfred Tonymontana. Aber ich bin nicht wert, daß du eingehst unter mein Dach. In einen Blumenstock könnte sie seine Asche leeren, dann wüchse ihr ein Vaterbaum. Zu den Weinstöcken? Dann gäbe es Grauburgunder. Denn dein ist das Reich und die Kraft und die Herrlichkeit. Oder sie gab sie einem Freund, der bei Maggi arbeitete, der könnte ihren Vater zu den Suppenwürfeln mengen. Wie auch wir vergeben unseren Sündigern. Dann würden Millionen Menschen ihren Papi mit den Suppen schlürfen. Wie auch wir vergeben unseren Sündigern. Also was? Wofür bloß sollte sie sich jetzt entscheiden? Ihr Vater hatte groß gelebt, aber so groß, daß er für die Zeit nach seinem Ableben gesorgt hätte, auch wieder nicht. War es also doch ein kleines Leben? Ohne Amen?

Pasqualina hatte Angst, Angst vor der Entscheidung. In der Angst, da war sie sie selber. Ihr Denken bewegte sich in Spiralen, die sich zusammenzogen und aufrollten, Räder bewegten, Hebel, Ketten und Gewichte, ganze Mechanismen, die dann aber keine Zeit anzeigten, sondern bloß ein Wort schrien, ein einziges, das immer wieder: Kuckuck. Kuckuck. Kuckuck.

Kuckuck immer wieder. Die gelbliche Sonne wurde zerstichelt, das Licht, es wurde taub. Und während Pasqualina ihrem Kuckuck auflauerte, um ihm eine Entscheidung rauszuwürgen, war aus ihrem Räderwerk die Mary Lou herausgefallen. Mary Lou, das war eine Freundin, die ebenfalls die Asche ihres Vaters hatte verstreuen wollen, und da mußte Pasqualina lächeln.

Marie Lou hatte nämlich extra einen Hubschrauber gemietet, um die väterliche Asche über dem Rio de la Plata zu verstreuen. Geheiligt werde dein Name. Ihr Vater hatte die Kläranlage von Buenos Aires gebaut. Und sein größter Wunsch war es gewesen, sein Lebenswerk als Mausoleum zu benützen, dort begraben zu werden, was wegen der Bürokratie aber nicht ging. Daher die Idee mit dem Verstreuen. Denn dein Reich wird kommen, im Himmel wie auf Erden. Doch genau in dem Moment, als Marie Lou die Urne geöffnet hatte, war ein Windstoß in den Hubschrauber gefahren und hatte die ganze Asche eingesogen, ein verdutztes Gesicht gemacht, gestutzt, Bäh gesagt und alles pulverige Zeugs in Richtung Marie Lou gespuckt. Vater unser im Himmel. Überall, in den Augen, in der

Nase, im Mund, in der feuchten Spalte zwischen ihren Titten, sogar im Höschen, überall hatte Marie Lou nun ihren Aschenvater. Pfui Teufel.

Marie Lou fiel in ihrer Verzweiflung nichts anderes ein, als sich zu waschen, was sie später bereute. Sie hätte zumindest das Wasser sammeln, verdunsten und sich den Rückstand in ein Amulett füllen lassen sollen. Aber auch so hatte es sein Gutes, war doch der Wunsch von Mary Lous Vater tatsächlich erfüllt. Er wurde wirklich, so wie er es immer gewollt hatte, in der Kläranlage begraben, in ihrem Herzen noch dazu, im Klärschlamm.

Wir sitzen auf einem Haufen von Toten, Menschen wie Tiere. Moleküle von Leichen überall. Gibt es ein einziges Atom, das noch niemals tot gewesen ist? Just in dem Moment, als der Dicken diese Mary-Lou-Asche von der Decke ihres Speichers ins Bewußtsein rieselte, sah sie die beiden für den Stau verantwortlichen Bauarbeiter: Manker und Zsmirgel. Was soll der Unsinn? Pasqualina erschrak wie die Jünger, als sie das Grab Jesus öffneten und nichts mehr fanden. Die Geschichte mit Marie Lou rasselte durch bis in den Keller. Die Jünger zogen ein ungläubiges Gesicht. Die ausgeblasenen Eieraugen am pasqualinischen Osterstrauch wurden der Reihe nach zerdrückt. Manker und Zsmirgel Bauarbeiter? Hatte Zsmirgel sich nicht wenigstens immer als Radiojournalist ausgegeben? Und Manker? War er denn nicht intelligenter?

Erstaunlich, wie schnell den Menschen die Masken abgerissen wurden, sie entlarvt und bloßgestellt waren. Die beiden Schächer waren also Heuchler, arbeiteten am Bau? Verdammte Schwindler! An den Zehen müßte man sie am nächsten Verkehrsschild aufhängen, mit langen Nadeln in die Nasenlöcher stechen, bis die Spitzen im Gehirn steckten, bis sie es gestanden. Diese Gauner!

Tatsächlich hatten Manker und Zsmirgel speckige, abgetragene Arbeitskleidung an, sonderbare Geräte umgeschnallt und machten einen aufgefettet offiziellen Eindruck. Als würden sie etwas messen. Pasqualina hörte die Frage eines Autofahrers:

– Was messen Sie denn da?

Ja, das hätte Pasqualina auch interessiert. Was messen die da bloß? Denn wenn man genauer hinsah, hatten sie auch etwas Unglaubwürdiges. Ihre Geschäftigkeit war gespielt. Aber was taten sie? Was Illegales? Bevor einer der beiden etwas sagen konnte, antwortete sich der Autofahrer selbst:

– Nein, sagen Sie es nicht. Ich will es gar nicht wissen. Sicher was Gefährliches, stimmt's? Was mit Radioaktivität, mit Giften, stimmt's?

Ein Duft von Arbeit hing in der Luft, nach Leistung und Instinkt. Aber bevor Pasqualina fragen konnte, was das alles solle, wies ihr Manker schon den Weg. Man sehe sich ohnehin bei Conchitas Hochzeit mit Seth. Bis bald.

Sonderbar, blieb die Dicke noch einige Augenblicke kleben. Längst hatte sie die angeblichen Meßgeräte als alte Kofferradios identifiziert, und das vorgebliche Bodenstrahlungsmeßgerät war nichts anderes als ein dilettantisch auf eine Schaufel montierter Elektrogrill samt Fahrradpumpe und Dynamo. Sogar die Kartuschen waren bloß bemalte Wasserflaschen, die Kabelrolle ein umgelegter Gartentisch. Nichtsdestotrotz grüßten alle Autofahrer mit einem leichten An-die-Stirn-Tippen der Zeigefinger, was die beiden Arbeitssimulanten, so bezeichnete sie Pasqualina jetzt, mit der gleichen Geste erwiderten. Warum dieser Gruß der Schranken heißt? Ob es von »beschränkt« kommt? Von einer Da-fährt-die-Eisenbahndarüber-Mentalität? Sogar die Polizei grüßte so, auch sie bemerkte nichts vom Schwindel. Die Polizei kennt nicht die Energie der Trägheit, aus der der Verbrecher seine Raubtierhaftigkeit bezieht. Die Polizei ist gutmütig und grün.

– Bald Feierabend? reckte einer der Beamten seinen Kopf zum Fenster raus, machte ein dümmliches Gesicht. Der Staat muß sich überall zeigen, um den Eindruck zu erwecken, überall zu sein, alles zu sehen. In Wahrheit sieht er nichts. Dort, wo er ist, da ist er blind. Er ist wie eine in eine Peep-Show hineingespreizte Frau, hofft, daß schon der Anblick reicht, damit alle ihre Hosen runterlassen, masturbieren.

– Seit einem halben Jahr haben wir in zehn Minuten Feierabend, öffnete Manker den Kofferraum seines Gesichts.

– Verstehe, sah der Uniformierte kurz hinein und gab seiner Gestik einen kurzen Ruck, was soviel wie schon in Ordnung heißen sollte.

– Wenn es nach uns ginge, wären wir schon weg.

– Das glaube ich, grinsten die Polizisten. Beide waren in Gedanken bereits außer Dienst. Der eine ging als Fliesenleger pfuschen, während der andere eine illegale Ferienpension in Ybbs-Persenbeug betrieb. Auch Polizisten brauchen Mitten, halten es nicht aus, dauernd nur am Rand zu sein. Auch Polizisten brauchen Ablenkung, Lob, und nicht bloß den Groll der Menschen. Auch Polizisten wollen Liebe. Warum sie aber alle Schnauzbärte tragen, bleibt ein Rätsel. Glaubt die Bevölkerung nicht an die rasierte Polizistenoberlippe? Haben Polizisten Angst davor, sich aufzutun, sich herzuzeigen? Oder ist der Schnauzbart ihre Art von Freiheit, ihre Art von Anarchie? Ein Symbol? Wofür? Für etwas Schnüffelndes? Für etwas Hündisches?

Es soll ja Frauen geben, die auf den Schnauzbartkuß nach einem Cunnilingus stehen. Aber warum alle Polizisten? Weltweit? Wenn man nur an den ganzen Nasenrammel denkt, der sich darin verfängt. Oder wird damit gesagt, ich kokse nicht? Ist es die jedem ersichtliche, wohlgehütete Ordnung im Gesicht? Der gepflegte Bart? Vielleicht gibt es auch eine sonst nur wenig bekannte Polizisten-Genealogie? Waren nicht schon in den Stummfilmen Polizisten immer schnauzbärtig? James Finlayson bis Mike Hammer. Sangen nicht die Beatles mit *I am a walrus* die inoffizielle Polizistenhymne? Schon den Polizeischülern wird angeblich ein spezielles Natriumsulfatgemisch unter die Oberlippe geschmiert, um den Bartwuchs zu verstärken. Und ist es nicht sogar so, daß für die Aufnahme in Polizeischulen kein Intelligenztest, sondern ein Schnauzbart erforderlich ist?

Wie immer dem auch sei, die Schnauzer zogen ihre Schranken hoch und fuhren weiter. I am a walrus. Ihre routinierte Wurstigkeit hatte ihnen eine Haut wachsen und sie unangreifbar werden lassen.

Die Dicke sah, daß die beiden Arbeitsschwindler dabei waren zu entkommen. Aber wozu dieses Theater? Gerne hätte sie noch länger zugesehen, aber Oskar zog sie fort.

Zsmirgel und Manker taten weiter so, als täten sie etwas.

– Ehrlich, krächzte Manker mit heiserer Stimme, ehrlich, ich schwöre es, von einem Fax aus Nigeria weiß ich nichts. Was ist damit?

– Nichts, brummte Zsmirgel, der von den vielen Schwüren nicht zu überzeugen war. Wenn man einmal ahnt, wie Lüge riecht, vermutet man sie überall. Lüge ist wie Katzenpisse, hat man den Geruch erst in der Nase, wird man ihn so schnell nicht mehr los. Vielleicht hatte ja dieses Baustelle-Spielen einen ganz anderen Sinn als die vorgebliche Lektion zwei des Kurses in Gemeinheit? In Zsmirgel saß ein leichter Druck, der ihm Betrug zuflüsterte. Betrug, Betrug. Du wirst betrogen, dampfte es. Betrogen.

– Und du weißt wirklich nichts? Doktor Aifalos kennst du nicht? Nigeria? Nein?

– Bei Gotteslästerung, sagte Manker ernst, wird dem Delinquenten vor der Hinrichtung die Zunge abgeschlagen. Mit einer Zange wird sie ihm herausgezogen und mit einem scharfen Messer – zack.

Zsmirgel lächelte, er konnte nur spekulieren. Herumklimpern in Möglichkeiten. Wie man darauf spielt, und welche Melodien auf der Klaviatur des Daseins möglich waren, konnte er bloß ahnen. Die Schule der Gemeinheit? Baustelle simulieren? Faxe aus Nigeria? 26 Millionen. Hauptsache, wenn er bald wieder Nekrologe schreiben konnte. Vielleicht half das alles ja. Er sah Manker an, der plötzlich müde aussah wie ein abgehangenes, braun gewordenes Stück Fleisch. Die Wolken hatten sich verzogen, nichts bremste die Sonne, deren Strahlen scharfe, klare Schatten schnitten. Die Menschen schwitzten, wollten duschen, sich erfrischen – aus dem Stau heraus. Sie fluchten, begingen in Gedanken einen Hitzemord, brachten die Schwiegermutter um, die Frau, die Kinder.

Schutt und Abfall überall. Eine unerträgliche Hitze. Die Stadt stank, selbst an noblen Orten roch es nach Urin und Fäulnis. Pasqualina, der der Schweiß herunterlief, stand auf dem Heldenplatz, dem Anus Österreichs, dem ewigen Lieblingsplatz ihres Vaters, der sich stets gebrüstet hatte, ein glühender Anhänger Adolf Hitlers zu sein. Niemand wußte, wie ernst ihm das war, oder ob er das bloß sagte, um andere zu brüskieren. Er liebte es, wenn sie sich mokierten, sich aufpudelten oder betreten räusperten. Sein ganzes Leben schwärmte Alfred Tonymontana vom Einmarsch Hitlers. Am 15. März 1938 wollte er sogar auf einer Laterne gesessen und dem Führer zugejubelt haben. Sonst, so meinte er, war der Heldenplatz ja leer. Nur er und Adolf. Alle anderen wollen nie dabei gewesen sein, alle anderen haben das verleugnet, eine dicke Kruste raufgetan.

– Man kann sich denken, was für einen netten Dialog wir führten, ich, der Geführte, und mein Führer, so Alfred Tonymontana, der nun genau das geworden war, was er den Opfern des Hitler-Regimes sein Leben lang vergönnt hatte. Asche! Wer hat dieses Auschwitz aufgebaut? Und wer hat die Eisenbahnschienen dorthin verlegt? Wer hat die Leute reingeleitet und die Leichen aus den Gaskammern in die Krematorien geschafft? Nur Juden! Die Gestapo hat bloß aufgepaßt, die Reichsbahn hat nur ihre Waggons zur Verfügung gestellt. Die Reichsbahn hat Geld dafür verlangt. Jedem wurde die Fahrt ins Konzentrationslager verrechnet. Wenn die Juden sich verdünnen wollen, bitte, warum sollte man es denn verbieten? Asche. Asche zu Asche. Asche nun auch er. Asche Alfred Tonymontana. Asche in einem Einmachglas, in der Kunstlederhandtasche seiner Tochter.

Pasqualina, dieser Name war dem Wagnerianer stets zuviel. Christen, das waren für Alfred Tonymontana lauter Schwule. Die Österliche, so ein Blödsinn, hatte er seine Frau gescholten, das ist das Dümmste, was ich je gehört habe. So ein blöder Name! Trotzdem liebte er Quaqua, wie er seine Tochter nannte, in deren Händen er nun lag. Sicher, dachte Quaqua, hätte es ihm gefallen, dem Papi, auf dem Heldenplatz verstreut zu sein. Auf dem Heldenplatz, wo man bis auf die Tiefen jener braunen Zeiten roch, die er so mochte. Denn war er auch ein Nazi, blieb er doch ihr Papi.

Bestimmt hätte er sich gefreut, daß sogar der Führer der Freihäuslichen Partei, Irenäus Raubein, und dessen Klubobmann, Peter Leibenfrost, gekommen waren, ihm die letzte Ehre zu erweisen. Das waren sie natürlich nicht. Wie auch? Wo sie Alfred Tonymontana gar nicht gekannt hatten. Aber dennoch befanden sich die beiden Freihäusler auf dem Weg vom Parlament zum Ballhausplatz und passierten, einer scheinbar zufälligen Regie folgend, eben jetzt den Heldenplatz. Land der Berge, Land am Strome.

– Feuer bewahrt sich selbst inmitten seines Brennens, es ist auch im Nichtbrennen Feuer. Brennen ist Nichtbrennen und Nichtbrennen ist Brennen. Und mitten im Feuer ist Nichtfeuer, wie mitten im Nichtleben Leben ist. Und mitten im Nichtpapi muß Papi sein. Indem du also nicht da bist, bist du gerade dann am stärksten da, wenn du am wenigsten zu spüren bist, sprach Pasqualina ein kurzes Gebet zu Ehren ihres Vaters, wünschte sie ihm ein schönes Leben, dort, wo er jetzt war, öffnete das Einmachglas und wollte langsam etwas Asche ins Oval des Heldenplatzes streuen. Vielgerühmtes Österreich.

Raubein und Leibenfrost dagegen klopften sich ständig gegenseitig auf die Schultern, so daß sie aussahen wie zwei Schuhplattler im Training. Heimat bist du großer Söhne. Kaum jemand erkannte sie, hauptsächlich deshalb, weil beide unwahrscheinlich klein waren. Was im Fernsehen groß wirkte, in natura war es winzig. Doch das machte ihnen nichts. Das kannten sie. Neu war, daß sie selbst nun die Herren in diesem Land waren, das verkörperten, was die Österreicher sich verdienten. Land der Äcker, Land der Dome.

– Und sehen Sie einmal Saturn, mein lieber Leibenfrost,

Saturn wurde als Gott des Ackerbaus verehrt. Als Sohn von Uranus und Gaia war er einer von zwölf Titanen. Raubein hielt inne, als müsse er seinem General Zeit lassen, einen schwierigen Sachverhalt zu durchschauen.

– Wann, packte Leibenfrost eine Frage aus, sieht man eigentlich eher aus wie ein Affe? Wenn man kurze Beine hat? Oder wenn der Oberkörper kurz ist?

– Saturn, ließ sich Irenäus Raubein nicht beirren, Saturn tötete seinen Vater Uranus mit einer Sichel, die er von seiner Mutter hatte. Mit einer Sichel, verstehen Sie? Frei und gläubig sieh uns schreiten, arbeitsfroh und hoffnungsreich.

– Wenn man einen kurzen Oberkörper hat, verkündete der General. Ein kurzer Oberkörper läßt einen eher wie einen Schimpansen aussehen, klopfte sich Leibenfrost, der selbst kurze Beine hatte, auf die Brust. Dabei war es das Gesicht. Das Gesicht Peter Leibenfrosts war so beschaffen, als hätte sein Schöpfer, wütend wegen der mißglückten Arbeit, es zuletzt mit ein paar Ohrfeigen bedacht. Leibenfrost stöhnte. Oder können Sie sich denken, daß man mich – ?

– Ach was, ging der Vorsitzende gar nicht darauf ein, Sie sind kein Affe. Basta. Saturn selbst hatte sechs Kinder, und keines davon war ein Affe. Der Sage nach verschlang er fünf sofort nach der Geburt, um nicht selbst von ihnen ermordet zu werden. Das sechste Kind aber war Zeus. Zeus, verstehen Sie? Zeus entging diesem Schicksal, weil man Saturn statt seiner einen Stein zum Schlucken gab. Einen Stein, Leibenfrost, einen hundsordinären, blöden Stein.

– Aber sehen Sie denn nicht, wie die Menschen förmlich darauf warten, einen Affen aus mir zu machen? Ich höre sie schon »Affen, Affen« schreien. Tatsächlich standen da einige jugendliche Regierungsgegner und murmelten: Aufhören, aufhören.

– Sogar kleine Kinder, deutete Leibenfrost auf den über die Wiese laufenden Oskar. Kleine Kinder sogar.

– Zeus, Sie ungebildeter Affe, gab Raubein seinem General einen Schubs, Zeus, der zu Saturn rennt, ihn zu fressen. Wha, rissen beide kindische Grimassen, klopften sich gegenseitig auf die Schultern, so daß es aussah wie Schuhplattler im Training, hörten etwas murmeln.

– Feuer bewahrt sich selbst inmitten seines Brennens, es ist auch im Nichtbrennen Feuer. Brennen ist Nichtbrennen, und Nichtbrennen ist Brennen. Und mitten im Feuer ist Nichtfeuer, wie mitten im Nichtleben Leben ist. Sehen ist im Nichtsehen, und im Nichtgesehenwerden ist der Blick und das Gesehensein. Genau in dem Moment fuhr die betende Pasqualina aus ihrem Hafen, fand in der Landungsmole ihres Blickes Oskar, der im Bruchteil einer Sekunde ausgelaufen war und wie ein Dampfer trötete. Erschrocken, hin und hergerissen zwischen Vater und Sohn, machte die Österliche eine heftige Bewegung, und schon war es passiert. Die ganze Asche! Wie bei Mary Lou! Haltlos stand sie in der Luft. Ein von Termiten zerfressenes Haus, kurz vorm Zerbröckeln. Vielgerühmtes Österreich.

Pasqualina schrie, aber es nutzte nichts. Was nun geschah, war irgendwie vorhersehbar. Dabei wäre die Asche an den Politikern vorbeigeflogen, ach, wenn die nur ihr Tempo beibehalten hätten. Doch durch das Geschrei Quaquas waren sie stehengeblieben und glotzten. Raubein fielen beim Anblick Pasqualinas die diversen Rouladenarten ein, Rindfleisch, Marmelade, Früchte, Creme; Leibenfrost dachte an die Proportionen und seine Affentheorie, doch bevor sie das ordnen konnten, hatten sie schon – wusch! – die ganze Asche im Gesicht. Vielgerühmtes Österreich. In den Augen, in der Nase, im Mund – überall der pulverisierte 140-Kilogramm-Nazi Alfred Tonymontana. Wie eine Ohrfeige war der in sie hineingeklatscht, unvermittelt und gemein. Heimat bist du großer Söhne.

Erst dachten die Politiker an einen Scherz, an ein Versehen, doch allmählich begriffen sie, daß sich das auf sie bezog, ein Anschlag, wollten sie gleich schreien. Revolution! Ein Attentat! Verrat! Als sie aber merkten, daß sie dabei runterschlucken müßten, hielten sie lieber den Mund. Sie wußten ja nicht, was das war, das Zeugs. Es konnte giftig sein. Und sie spuckten, husteten und rotzten, bis sie in der Hofburg waren. Dort verschwanden sie. Schweinerei. Vielgerühmtes Österreich! So mußte es Saturn ergangen sein, als er den Stein fraß, sich die Zähne daran ausbiß. Am Schluß war es das Eigene, das Selbst, das einen vernichtete. Der Stein vernichtete den Versteinerten, Asche den Verbrannten, Eitelkeit den Eitlen, und der Nazi vernichtete die Nazis, Österreich die Österreicher. Einig laß in Bruderchören, Vaterland, dir Treue schwören. Vielgerühmtes Österreich.

IV
Das Augenzeugenremis

Seths Vater, die Warze

Es fällt Schnee, langsam und wundervoll fällt schweigend und unsagbar schön der Schnee – irgendwo im Weltall. Monde und Möndinnen, ungeheure Gasverdichtungen, Lichtspektren, ausgesetzt den interstellaren Winden, Schwerkräften, dem Nichts, halten sich an ihren Planeten an, als gäbe es kein Sonst, kein Jetzt und keine Zukunft, nichts, nur Anhalten und Schnee. Ein Ziel allein, Titan, wo alle Seelen Saturnalien feiern, wo alle Erinnerungen an Rosalia Lombardo und Frau Klappbauch wohnen. Widersagt ihr dem Satan und all seiner Verführung? Ich widersage.

Der Mensch, so mickrig er auch scheint, ist selbst ein Universum, ein Urknall voller Energie, voll pulsierender Bewegung, ständig im Wachsen, Flecken, Quantensprünge machend, weiter wachsend, lebend, wärmend, alternd, bis das Universum Mensch über alle Ausmaße gerät, die kritische Masse erreicht, sich verführen läßt vom Tod, umkippt und zusammenbricht, implodiert und stirbt. Für immer Eis. Glaubt ihr an Gott, den Vater, den Allmächtigen, den Schöpfer des Himmels und der Erde? Ich glaube.

Milchstraßen voller Sonnen, Galaxien, Nebel, Halleysche Kometen, alles findet sich im Menschen. Die schwarzen Löcher gar, das sind die sieben letzten Worte Christi am Kreuz, der traurigste Satz der Welt, die Körperöffnungen. Glaubt ihr an Jesus Christus, seinen eingeborenen

Sohn, unsern Herrn, der geboren ist von der Jungfrau Maria, der gelitten hat und begraben wurde, von den Toten auferstanden und zur Rechten des Vaters sitzt? Ich glaube. Daneben zerberstende Planetensysteme als Gekröse, Sonnen als Impulse im Gehirn. Und alles, alles eingefaßt im großen Planetarium der Haut. Tycho Brahe, Kepler und Kopernikus. Poren, große Poren, die begrenzen, das Jahr Null, Poren, die sich füllen, manche Pubertät versauen, das Annolied. Glaubt ihr an den Heiligen Geist, die heilige katholische Kirche, die Gemeinschaft der Heiligen, an die Vergebung der Sünden, die Auferstehung der Toten und das ewige Leben? Ich glaube. Astronomen, sagt man, haben große Poren, weil in sie der Sternenhimmel sinkt, sie aufreißt, weitet. Kuttelflecken in der Haut, eine Pastis-Reklame, schnapsglasgroße Poren! Auch Fischhändler, weil sie sich nicht waschen, wie es heißt, sondern einfach ihren Kopf in einen Bottich voller Makrelen stecken und ihn sauber fressen lassen, daß es kitzelt in der Haut. Anders bei den Leichen in den Kapuzinerkatakomben, deren Haut ist tot, eingedörrt, und ihre Poren sind verschlossen, allenfalls nisten darin Motten. Durch Christus unseren Herrn.

Nicht bei mir, bei Rosalia Lombardo, da ist die Haut gegerbt und mit Lacken eingelassen, der Kopf mit Dichtung angefüllt. 1920 gestorben, habe ich alle Verwandten überlebt. Noch immer sehe ich aus, als läge ich nur in Morpheus' Armen, als sackte ich in seinen Trichter, träumte vom Erbarmen und vom Schnee Titans. Doch davon später.

Manche sind gefangen in den Lebensmustern ihrer Eltern, andere im Physischen. Seths Vater hatte die Riesenporen von seinem Vater geerbt. So groß, daß man Dübel reinstecken konnte – oder Zigaretten. Sein Gesicht sah aus, als wären Geschosse in verkrustetes Erdreich eingeschlagen. Und als ob das nicht gereicht hätte, kamen nun auch noch die Warzen. Wie Stukkaturen im Gesicht. Was waren Warzen? Festgetrocknete Lebensäste? Ungelebte Träume oder abgewehrte Flüche?

Zahlreiche Wärzchen hatten das Gesicht von Seths Vater zerklüftet, aufgerissen, überwachsen. Wenn das so weiterging, war er bald wie mit einem Panzer überzogen. Warzen, Warzen, Warzen, alles verkrustet und durchwachsen. Warzen überall. Und nun wuchsen ihnen auch noch Haare, scheußlich.

Seths Vater war Chilene, halb Indianer, halb Europäer, im Charakter mineralisch, ein Gestein. Die Reise zur Hochzeit seines Sohnes war seine erste überhaupt. Und nun stand er da, in Wien, sah Conchita in die Augen, murmelte mit harten Lippen etwas wie »Die ist nichts, die macht mir übel«, drehte sich um, machte »pffft« und ging, nahm alle Poren mit, alle Warzen und die harten, ausgetrockneten Lippen. Lippen waren das? Konnten die jemals geküßt, jemals Austern geschlürft haben? Nein! Lippen zum Verbeißen.

Schlagartig spürten alle einen kühlen Hauch um ihren Nacken wehen, den Luftzug eines Henkerbeils. Sie wollten ihn besänftigen, doch nein, der mineralische Warzenkopf blieb stur. Sein Urteil war gefallen. Keine Pore wollte er öffnen, kein Wort mit Conchita wechseln, sie nie mehr sehen müssen, und wenn er ein Flugzeug bekäme, würde er sofort nach Hause fliegen, besser heute als morgen.

– Er verachtet sie, das passiert.

– Aber das ist ungerecht.

– So ist er, ein Indianer.

Was seine Frau immer kritisiert hatte, nämlich das Indianische, das Bronzefarbene und Mineralische, das ihrer

Meinung nach Mindere, hatte in wenigen Augenblicken die ganze Conchita, die süße Conchita, durchleuchtet. Das Urteil war verheerend. Nichts Positives erkannte er in ihr. Nur Verschlagenheit, was Hurisches und einen Drang, auf andere zu scheißen, Eitelkeit und Unzufriedenheit. Niemals konnte sie die Mutter seiner Enkelkinder sein. Ihr Anblick schnürte einem schon die Kehle zu. Nein, die paßte nicht zu seinem Sohn, die heiratete ihn nur wegen der Papiere. Fäulnis war sie, Abschaum, Schimmel. Der Verwarzte röchelte. Seine Riesenporen stanken, seine Haare stellten sich auf. Alles zu spät. Er kannte seinen Sohn, wußte, daß der nicht mehr umzustimmen war, der Trottel.

Pech und wieder Pech. Immerzu konnte das Schicksal den gleichen Marsch weiterblasen und von vorne beginnen, so oft es nur wollte. Unerbittlich. Gönnte es jemandem was, wurde das auch gleich gewendet, auf den Kopf gestellt, zu Unglück umgestülpt. So war das Schicksal, eine Sau.

Lange hatte es so ausgesehen, als könnten sich Seths Eltern den Flug nicht leisten. Da jammerten sie und gaben unsinnigste Versprechungen. Die hörte das Schicksal und nützte sie aus. Seths Bruder Abel durfte in der Lotterie gewinnen und den Eltern die Reise finanzieren. Jetzt waren sie hier, das hatten sie davon. Sie waren ihrem Schicksal auf den Leim gegangen. Das Glück des Lotteriegewinnes – als Unglück stellte es sich nun heraus.

Der Mutter war's egal. Für sie war eine Hochzeit immer noch eine Hochzeit, und Grund genug zu flennen. Und wenn noch dazu der Bräutigam ihr Sohn war, noch viel mehr. Und Conchita? Sie wußte gar nicht, was der Indianer hatte. War doch nett, die Kleine. Er würde sie schon mögen, irgendwann. Der Mutter fehlte nur eine Idee, die richtige, die man haben mußte, um alles zu lösen. Ein Exempel sollte hier statuiert werden, ein indianisches Gericht, hier sollte aufs Grausamste vorgegangen werden? Aber nicht mit ihr. Schließlich stand eine Hochzeit auf dem Spiel. Obwohl? Wenn sie es sich genauer überlegte, vielleicht war der Indianer diesmal doch im Recht? Conchita? Na, wer weiß? Muschelchen? Das sagte ja schon alles.

– Er verachtet mich, aber warum? Er kennt mich nicht einmal.

– Mach dir nichts daraus.

– Aber was habe ich ihm denn getan?

– Nichts!

Auch eine Qualle, wenn sie im Wasser ist, ist schön, schön wie ein Ballon, mit Lametta rausgeputzt, wie eine verzierte pulsierende Orange. Wehe aber, man nimmt sie aus dem Wasser, dann ist die schönste Qualle durchsichtig wie Rotz, schleimig, ohne Form. Ganz auf sich selbst zurückgeworfen, zog die Qualle Conchita sich zusammen, kümmerte in sich hinein, verfiel. Der Schwiegervater hatte sie gefangen, sie betrachtet, wie wenn man Maß nimmt, um etwas Ekliges zu sagen. Konnte er vielleicht in Gesichtern lesen wie andere in Büchern? Widerlicher Schlauberger! War es nicht demütigend genug, alles selbst zu organisieren? Wer half ihr denn? Sie hatte die Abtreibung gerade hinter sich. Ihr Kosmos war aus den Fugen geraten, nichts funktionierte mehr, und nun mußte sie noch diese Chilenos ertragen, die wie zum Hohn auch noch Adam und Eva hießen. Und die sie betrachteten wie die Schlange, die an allem schuld war. Conchita fühlte, die Dinge standen schlecht, sie würden ein schlimmes Ende nehmen. Scheißen gehen mußte sie, scheißen wie die Primaten, wenn man sie vertrieb.

Die größten Feste finden immer vor dem Hintergrund

der Tragik statt. Niemals hat das Orchester der Titanic so schön gespielt wie während des Untergangs. Und wie das Buffet so dalag, erschien es wie der letzte Rest eines noch nicht geschmolzenen Eisbergs im Wasser. Pflaumensalami, rauchiger Glasschmalz, gegrillte Mollejas mit Churrimurri, Blutwürste, eingelegte Palmherzen, Thunfischeier, Dulce de Patata, Weichkäse, Chilischoten, Honigwein, Alvahores, Steaks, rote Bananen, Süßkartoffeln, exzellent! Neben den argentinischen Spezialitäten war Conchita, die süße Conchita, vor allem auf den rauchigen Glasschmalz stolz – schon wegen des Namens. Bessere Fisolen, die in den Salzgärten der Bretagne wuchsen. Zumindest hatte ihr das ein Gemüsehändler so erklärt. Verhindert Verdauungsgeruch, kann man besser küssen.

Küssen? Es stimmte schon, daß sie Seth nicht liebte, daß ihr das ganze Leben zusehends entglitt. Manker hatte Mariella, sie die Abtreibung, und dann noch diese dauernden Behördenbriefe wegen der Aufenthaltsgenehmigung, die ständige Angst vor der Polizei. Sie war unglücklich in Wien, aber zurückgehen nach Mar del Plata? Argentinien war bankrott. Komplett aussichtslos. Das war Conchitas Lage. Trist. Mit diesem Warzenvulkan von Schwiegervater aber feierte ihr Unglück ein tumultuöses Fest. Dem Muschelchen war, als hätte man es aus seinem Element gezerrt, als müßte es ersticken. Und trotz allem durfte es nur lächeln, die Abtreibung nicht erwähnen, lächeln, bis es schmerzte. Gerne hätte Conchita ihr Gift auf jemanden gespritzt, doch sie mußte sich beherrschen.

– Nimm's nicht schwer, Seths Mutter tröstete sie, der Adam ist ein sturer Hund. Wie ein Maiskorn, hart und kantig. Wenn man ihn aber einkocht, wird er weich, und man kommt an seinen Kern. Und der ist süß.

– Ich will ihn aber nicht einkochen, krümelte Conchita

in sich rein, mir reicht schon, daß er hier ist, das ist für mich bereits genug.

Das Grundproblem der Seefahrer ist das Wasser. Obwohl sie umgeben sind davon, ist die größte Gefahr für sie die des Verdurstens. Weit mehr Seeleute sind verdurstet als ertrunken. Was für ein Elend ist doch Überfluß. Meer und Meer und wieder Meer und Meer, riesige Wassermassen, Fischschwärme, Krustentiere, Tintenfische. Schnecken, Algen, Walfische. Und alle landeten irgendwann auf dem Tisch des Fischhändlers. Plastikschalen voller Seeigel, auf gestampftem Eis ausgebreitete Austern, Kübel voller Miesmuscheln, ein Schwertfisch, in der Mitte durchgehackt, der Kopf der Form nach eine Amsel, Krebse und Langusten, ebenso lebendig wie die Tintenfische, die mit einer großen Elchnase gleich einem einzigen Muskel durch die Plastikschüssel tauchten. Berge von kleinen Silberfischen, Heringen, Orators, Aalen. Und alles roch nach Meer. Was für ein Elend ist doch Überfluß. Das Grundproblem der Liebenden ist das Verheiraten, das Standesamt.

Die Sonne wagte, wieder aufzugehen. Weywoda hieß der Standesbeamte. Erwin Weywoda sah aus wie ein dick gewordenes Seepferdchen, und seine Stimme klang wie ein glucksendes, gurgelndes Weihwasserbecken. Mürrisch. Vielleicht war er schlechter Laune, weil er einen zu engen Anzug tragen mußte? Schweißperlen standen auf seiner roten Haut. Es war die Schwüle, die allen die Nadeln des Unwohlseins in die Haut steckte. Trotzdem spielte Weywodas Kassettenrekorder, als wolle er die Hitze herausfordern, ihr Tropfen kalten Weihwassers auf den glühendheißen Ofen spucken: »We all live in a yellow submarine.« Doch es nutzte nichts. Die Gegenwart spielte sich in Brandruinen ab, es gab nichts Kühlendes und nichts Erfrischendes. Das Denken war verkohlt. Entsprechend sahen sie auch aus. Seth und Conchita, der tödliche Steinfisch und die Qualle. Ihre Gesichter glühten, und anscheinend waren sie nur an einem interessiert: Wo muß ich unterschreiben? Wann ist es vorbei? Die Beatles sangen, und endlich war es soweit, sie durften es sagen. Natürlich blieb es stecken, war es von der Trockenheit zerrieben, brüchig kam es raus, dann klar, kräftig und fest: Ja, ja doch, ja, ich will.

Nun gab es keine Wünsche, keine Angst mehr, etwas zu versäumen. Nun war es vorbei. Man schob die Ringe auf die Finger. »We all live in a yellow submarine.« Nach seiner kleinen rhetorischen Volte, die da hieß: »Nun darf sich das Brautpaar küssen«, fuhr Erwin Weywoda geläufig fort, die Zeremonie zu beenden. Fett hatte aus seiner Seepferdchen-Physiognomie einen Haflinger gemacht. Niemand hörte, was er sagte: »Wir liebten, wir haben geliebt, es kam vor, daß wir uns verliebten, das ist alles. Auch ich.«

Manker sah erfreut, daß auf der Rückseite des standesbeamtlichen Schreibtisches Magazinbilder hingen, Mädchen beim Pissen, Mädchen beim Scheißen. Er freute sich. Weywoda wurde ihm schlagartig sympathisch. Aber Scheißen? Das war ganz was Neues. Nach welchen Kriterien da wohl die Mädchen ausgesucht wurden? Nach der Länge ihrer Oberkörper? Nach dem Umfang? Versprach nicht ein dicker Bauch einen längeren Verdauungsweg? Bestimmt, war Manker überzeugt, hatten die Anhänger von Kaviarspielen ganz andere Ideale als der Durchschnitt. Vielleicht bewarben sich Frauen, die so etwas anboten, nicht mit ihrer Oberweite, sondern mit der Konsistenz des Stuhles? Hart, breiig oder flüssig. Na, und dann noch die Fähigkeit, im rechten Moment zu müssen.

Das Kunstfurz-Orchester fiel ihm ein, das in der Lage war, die Darmwinde so zu modellieren, daß es ganze Tonleitern rauf- und runterfurzen konnte. An guten Tagen spielte es sogar die Marseillaise.

Das Grundproblem der Liebenden ist das Verheiraten, das Standesamt. Seth und Conchita stierten in die Leere. Natürlich, sie konnten nicht mit der ganzen Erde schlafen, das war unmöglich. Aber Heiraten? Hatte das noch Poesie? Pah! Die Stimmung des Brautpaares paßte zur Einrichtung. Plastifizierte, dunkle Holzvertäfelung, Linoleumboden, große Alufenster und bunte, großgemusterte Tapeten. Die ganze Szenerie glich eher einem Fischkauf als dem schönsten Tag im Leben. Die einst so schöne Qualle war zerfallen, und der Steinfisch war zerhackt. Wasser überall.

Und Gratulanten? Brautjungfern? Musikanten? Keine Spur. Nicht einmal das Kunstfurz-Orchester. Die hätten auf dem schmalen Tischchen dieses weihwäßrigen Fischhändlers wohl auch keinen Platz gehabt. Nur zwei Seeigel, Seths Eltern, die beiden Thunfische Pasqualina und Zsmirgel als Trauzeugen sowie ein Hecht, eine Jakobsmuschel und ein Zitterrochen, Manker, Mariella und Gloria. Das war das ganze Angebot. Sogar die beiden Algen, zwei Berufsgäste, hatten sich bei diesem Anblick gleich verdrückt.

– Das sieht ja aus wie eine Scheidung.

Dem Brautpaar aber war's egal. Seth und Conchita schlangen sich ineinander, küßten sich wie toll, verschmierten Lippenstift und Puder. Zumindest etwas. Denen zeigten sie es, besonders einem, Manker. Küßchen gegen Schminke. Küßchen da, Küßchen dort. Soll er nur sehen, dachte sich Conchita. Soll er sehen! Alle außer Seths Vater applaudierten. »Was für eine Schmierenkomödie!« Der Sommer klatschte mit, zeigte sich in seiner schönsten Pracht, zog und saugte sie in alle Richtungen, wollte sie verdunsten, ein Bekenntnis.

Man kennt den Tiefpunkt der Kälte, minus 273 Grad, nicht aber, was dort passiert. Steht alles still? Ist alles abgeschmackt und ungenießbar? Von einem Grenzwert der Erwärmung weiß man nichts, auch von keinem des Geschmacks. Trotz der Hitze waren alle außer Gloria (kittfarbener Regenmantel) gut gekleidet. Einer aber, ein einziger, stach wie ein durchbrechender, gerade durchs Gefrorene schneidender Eisbrecher hervor und überstrahlte alles. Zsmirgel. Grasgrüner Seidenanzug, orange gepunktetes Stecktuch, Gürteltierschuhe, Schlangenledergürtel, vanillefarbenes Hemd. Eine Erscheinung. Wie Spinat mit Spiegelei und Kruste.

Wer so daherkommt, hält etwas auf sich, so jemand auszurauben würde etwas bringen. Zsmirgel war seit jeher Dandy, mit der deutschen Schnöselrenaissance von einer Modewelle erfaßt, dem Zeitgeist zugespült. Oberfläche war ihm wichtig, mehr als Tiefe, Resonanz. Ein teurer, kaum Luft lassender Spaß. Bis gestern. Da hatte es ihn in die Nähe der Lichtgeschwindigkeit katapultiert, da hatte er innerlich gekocht. Noch in der Schalterhalle mußte er sich auf die Zunge beißen, um nicht loszubrüllen. 26 Millionen Dollar, 330 Millionen Schilling. Die Nigerianer hatten es ihm überwiesen. Einfach so. 26 Millionen. Und nun? Nichts überstürzen. Die Langsamkeit, sie kann unendlich sein. Keinem etwas sagen, behandelte er sich selbst mit der Art eines Tierbändigers, der Furcht einflößen will. Jetzt still. Nur nichts verraten, schon der Anzug war zuviel.

Körper sind fleischgewordene Formen von Angebot und Nachfrage. Im Vergleich zu Zsmirgel hatte Manker etwas Kühles, Kellriges, roch nach Fässern, Wein, nach Rausch und Besinnungslosigkeit. Sein Pepitaanzug verlieh ihm etwas aus der Zeit geraten Elegantes. Das Haar gewässert, lässig nach hinten gelegt, wo es sich noch wellte, ein aus Strichen hingestellter Bart, der Entwurf eines Gesichts. Aufgeschwemmtes Backenfleisch, etwas Perverses, ein Hauch von Schwein. An einem Glas Rotwein hielt er sich fest. Die Welt? Für Manker war sie heute abend bloß ein Drink. Und je mehr er davon kippte, desto schräger wurde sie. Matt der Lärm, wattig die Musik, dieses ganze sonderbare Fest. Eifersucht? Ach wo. Alles geneigt, verschwommen schon. Wieso der Zsmirgel so gut angezogen war? Der hatte schon gelernt. Und die Dicke? Warum fragte die Dicke nicht, was für eine Art von Baustelle das damals war?

Seths Eltern waren gleich zum Flughafen gefahren. Keine Minute zuviel wollte der Warzenkopf hier sein. Auch Mariella ging nicht zum Fest, schob Unwohlsein vor. Also saßen in der kleinen Wohnung lediglich die muschelige Braut, Zsmirgel, Quaqua Pasqualina, Manker und die verrückte, laute Gloria, immer noch im kittfarbenen Regenmantel, nicht einmal den Schlapphut nahm sie ab.

Zusammengeschlichtet besetzten sie den Küchentisch, naschten von den in Knoblauchmarinade eingelegten Oliven, aßen Brot und Fleisch und schmatzten. Die Braut bekam ein rundliches Rosagesicht, so daß sie aussah wie aus einem Bauerndrama. Und je mehr sie errötete, desto schneller verfiel der Bräutigam, wurde bleich und käsig. Er war leer. Und so sehr er auch in sich herumgrub, fand er nichts, wofür es lohnte. Keine Worte, keine Ziele, nichts. Picturesofdeath. An seine Eltern dachte er, sie waren hart geblieben, boshaft, ohne Lockerung.

Seth ergriff eine finstere Tristesse. Die Hochzeit war

sein Licht gewesen, auf das er zusteuerte wie ein Falter. Nun verglühte er daran, verkohlte, wurde blind. Mit dem Vorwand, sich bequemere Kleidung anziehen zu wollen, riß er sich los, irrte durch die Gänge, gelangte ins Wohnzimmer vor den Fernseher, wie zufällig in eine Sendung, in der Menschen in Gefahr gerieten und man wetten konnte, ob sie eine Minute später tot sein würden oder nicht. Dazwischen Werbung. Werbung für Pringles, für Musikanten, Bluestar, ein Sommer wie damals, Sekten, Spritzen gegen das Dicksein.

Unfälle wurden gezeigt, Schädel abgetrennt, Gedärme rausgerissen, Gliedmaßen zerquetscht, und alle starben, starben, starben. Gerecht ist Gott in allen seinen Wegen, ein Hort und ohne Fehl, langmütig, voll Erbarmen. Niemand im Publikum wirkte schockiert, alle jubelten, jauchzten, schoben sich Popcorn in den Schlund. Die Menschen kannten keine Gnade.

Der Hochzeitsgesellschaft fiel Seths Verschwinden nicht auf. Alle säbelten am Brot, das war lang und dick und rund. Ein bißchen sah es aus wie der Unterschenkel einer Leiche, außen stark gebräunt, innen gelblich, weiß.

– Hmm, schmeckt wie Kuchen, wie ein Weihnachtsstollen, lachte Pasqualina. Manker köchelte in seinem Saft, spürte den Alkohol. Conchita sah ihn böse an. Ich räche mich schon noch. Gloria stippte Churrimurri, und Zsmirgel bemerkte einen kleinen, dicken Elfenbeinbuddha, den er von zu Hause kannte. Geklaut! Das stieß ihm auf. Geklaut. Oder wurde er als Bezahlung angesehen? Unaufhaltsam kam die Erinnerung aus ihrem Loch hervor, das Krapfenspiel.

Erst vor drei Tagen hatte er seinen marmeladigen Lebenssaft in Conchitas Hinterteil gezielt, sein Lot entlang der Mauer ihrer Wirbelsäule gelassen, das Becken von hinten ihr bewässert, weil es vorne noch gesperrt war, von der Abtreibung zerrissen, ihr seinen purpurroten Schwanz ins dunkelbraune Einspritzloch gepreßt, gestöhnt. Entsetzlich gestöhnt. Sie auch. Was ist schlimmer als die paar Sätze, die Pornodarsteller versuchen zu schauspielern? So aber hatte Zsmirgel sich gefühlt, wie ein Dilettant, der sich selber beim Krapfenessen zusehen muß. Der purpurrote, karottengroße Schwanz, das erdig braune Loch, Zucker auf den Lippen. Und dann hatte sie ihm auch noch seinen Little Buddha geklaut! Schlampe. Aber wenn er Conchita jetzt so ansah, die olivgetönte Haut, die Brüste wie Fleischbällchen auf einem Tablett, die leichte Gier in ihrer Stimme, gerieten seine Schwellkörper gleich wieder in Bewegung, mußte er sich zusammenreißen, nicht dauernd ihre Brüste anzustieren, sich auch für anderes zu interessieren.

– Wißt ihr eigentlich, was das M in der Handfläche bedeutet?

– Was für ein M?

– Jeder hat ein M in seiner Handfläche.

– Stimmt, da, ich seh es.

– Ich denke, sagte Zsmirgel, es steht für Marmelade. Und dabei dachte er, ich habe Lust, diesen Mund zu spüren, diese furchtbaren, verkommenen Lippen küssen, Conchita überall berühren. Sie abschlecken.

– Marmelade?

– Nein, Moral.

– Aber warum denn Moral, staunte Pasqualina. Immer mehr Beziehungen gehen in die Brüche. Und jeder frei werdende Single ist eine Versuchung für die festen Beziehungen. Das ist ein Kreislauf. Wären alle gebunden, gingen auch keine Beziehungen kaputt, weil niemand einen Anreiz hätte, etwas Besseres zu sehen. Aber so zieht jede

Trennung zwei weitere nach sich. Einfach weil die Leute hoffen.

– Nur die Schiachen bleiben zusammen. Die, die keine Chance haben auf dem freien Liebesmarkt.

– Die müssen sich aber auch nicht als Bauarbeiter verkleiden.

– Markt, das wird dieses M bedeuten. Merkantilismus.

– Oder Müßiggang.

Ein schummriges Dämmerlicht leckte alles aus. Eintagsfliegen, aus ihrem Puppenschlaf erwacht, tanzten zu Legionen in der Luft. Manker verriet, wie er, um Geld zu sparen, Briefe adressierte: den Empfänger als Absender angeben, nicht frankieren und an eine Phantasieadresse im Ausland senden. Das kommt dann nicht einmal zur Grenze, sondern geht gleich zum Absender zurück. Und landet also beim Empfänger, gratis, bitte schön.

– Brillant, war die Verrückte ganz begeistert, klatschte. Ihr Gesicht war wie aus Wachs geformt, das nun schmolz. Sie brannte und erklärte, daß sie gleich morgen wieder zu ihrem magischen Ort, ihrem Tempel, ihrem einzig wahrhaften religiösen Ort müsse, um dort ihr Lichtlein zu entzünden. Als Zsmirgel, der gedanklich noch immer zwischen den Brüsten der Braut steckte, sie verdutzt ansah, funkelte Gloria ihn an und brannte über ihn hinweg:

– Die CA, Creditanstalt, die Stichflamme meiner Liebe, neben Herkules. Orkan Görkhan und Frau Wurzel verraten mir meinen Kontostand.

Zsmirgel klopfte auf eines dieser aus gepreßtem Staub bestehenden Regale, lachte, nur er verstand, worüber. Conchita spürte, daß er sich verändert hatte. Waren es seine Gebärden, die Art, wie er den Mund öffnete, sich durchs Haar fuhr, sein Geruch? Er strahlte etwas aus, etwas, daß sie sofort noch einmal einen steifen, karottengroßen Zsmirgel in den Arsch geschoben bekommen wollte. Hilfe, Hilfe, rief es auf ihrer Baustelle im Schoß, aber der Kopf war wie ein Kranführer, hörte davon nichts, sah nur die Stahlträger und den Beton, die Mischmaschine, den Zement. Und während die Dicke über die Hitze stöhnte, Gloria eine Geschichte von Palermo erzählte, lief die Hand der Braut so wie ein Lehrbub, wenn er Jause holen muß, über Zsmirgels Oberschenkel, um mit einem kleinen Bierflaschenploppen sein Geschlecht zu necken, so als steckte man einen Löffel in den Gabelbissen, rührte damit um. Das war übermütig, frech und arrogant zugleich. Während die großgewachsenen Europäerinnen ihre Reize versteckten und einen Buckel machten, nahmen die kleinen Südamerikanerinnen sich heraus, bliesen ihre wurstsemmelgroßen Brüste auf und provozierten. Zsmirgel, der nicht wußte, wie ihm war, errötete. Etwas Festes spürte er, die Erektion, die ihn bald drängte, diese Baustelle zu fliehen, wichsen auf das Klo zu gehen, selbst wenn ihm so etwas entging. Die Geschichte Glorias.

Für die Stimmung war das gut. Oi, es war wie Medizin. Auch wenn sie, die Verrückte, aufs Deutsche schimpfte und sagte, man müsse eine Sprache, die Wörter wie Schifffahrt, Mast oder Wurst bilde, verbieten, erzählte sie sehr gut.

Olivia, die Alte

– Gleich als ich in Europa angekommen bin, habe ich Arbeit gefunden. Das glaubt ihr nicht. Es war bei einer alten Dame in einem Kaff auf Sizilien, am Monte Pellegrino. Meine Großmutter stammte ja von dort, direkt aus Palermo. Es war ein optimaler Job. Ich mußte nur Gesellschaft leisten. Super. Die Villa war gigantisch, Majolikafußboden, Biedermeiermöbel, wunderschön, nur etwas weit vom Schuß, ein bißchen unheimlich.

Überall hingen Reliefs, die den Verlauf der Pest zeigten. Und Bildtafeln mit den Stadien des Aussatzes, Ölbilder mit Pestkranken, Moulagen. Alles noch von ihrem Mann. Das muß ein Spinner gewesen sein, sogar die Bücher im Regal standen verkehrt, mit dem Buchrücken nach innen. Und alle über die Pest oder andere Epidemien und Katastrophen. Scheiße. Da ist mir schon etwas mulmig geworden. Wo bin ich da hineingeraten? Und gleich am allerersten Tag ein entsetzliches Gewitter. Es hat gehagelt, gedonnert und geblitzt. Das glaubt ihr nicht. Ich habe gedacht, die Welt geht unter. Um mich abzulenken, hat die Alte Geschichten von Sizilien erzählt, von der Mafia und von der heiligen Rosalia, die Palermo vor der Pest errettet hat, mit einem Geheimnis, das sie einem Fischer anvertraute, etwas mit X und O, von den Kapuzinerkatakomben hat sie erzählt, wo ihr Onkel Leichen balsamiert hat, Bilder hat sie mir gezeigt, brrr, gruselig. Mir setzten diese Sachen ganz schön zu, Scheiße. Und dann ist es passiert. Der Strom war weg, einfach so, also hat Olivia, so hieß die Alte, gesagt: Gloria, Gloria, du mußt jetzt tapfer sein und runter in den Keller gehen, die Sicherung, du mußt sie wechseln, ich selber kann das nicht, mit meinen kaputten Beinen. Gloria, du mußt ein starkes Mädchen sein, nimm eine Kerze, geh die Kellerstiege runter, geh zum Sicherungskasten, und dann, Gloria, du darfst dich nicht erschrecken lassen, denn du siehst ja selbst, wofür mein Mann sich interessiert hat, für den Aussatz und die Pest, ein starkes Mädchen mußt du sein. Reiß dich zusammen, Gloria.

Wo bin ich da hineingeraten? Scheiße. Ich habe am

ganzen Leib gebebt, wer weiß, was die in ihrem Keller hat, vielleicht Leichen stirngereiht, vielleicht lauter tote Gesellschafterinnen, aber ich habe mich zusammengerissen und mir immer nur gesagt, denk an das Geld, Gloria, nicht an den Moder und nicht an Gespenster, denk nur ans Geld. Geld, Geld, Geld. Und so hab' ich es geschafft. Doch kaum ist Licht, was sehe ich? Scheiße! Ich habe gedacht, jetzt ist es aus. Das glaubt ihr nicht.

Einmachgläser, rundherum nur Einmachgläser, aber nicht mit Gürkchen oder Marmelade, sondern mit lauter kleinen Menschen, Mißbildungen. Einäugige, Dreiköpfige, welche mit Händen im Gesicht, welche mit Füßen aus dem Hals, welche mit drei Penissen, Froschaugen, verwachsenen Schädelknochen. Grauslich, brrr. Scheiße. Prompt bin ich bei einem angestoßen. Und schon hat es gescheppert, ist ein kleines, vielhaxiges Geschöpf am Boden gelegen, nach Spiritus hat es gerochen. Scherben überall. Scheiße. Ich habe sofort alles unter einen Kasten geschoben. Gestunken hat das, und angefühlt hat sich dieses eingelegte Geschöpf wie rohes Hähnchen, schlaffes, schwabbeliges Fleisch.

Ja, hat Olivia Solafia gesagt, die haben alle meinem Mann gehört, und weißt du, wie der das genannt hat? Narrenturm. Meinen Narrenturm, hat er's genannt. Ihr Mann, das war ein Wiener. Und wenn er eines Tages wiederkäme, sollte alles sein wie am Tag seines Verschwindens. Die Alte hat wirklich geglaubt, daß ihr Mann zurückkehrt. Er ist einfach in das Meer hinausgeschwommen und nie mehr zurückgekommen. Eine Leiche hat man nie gefunden. Die Carabinieri, der Bürgermeister, die Fischer, alle, alle haben ihn für tot gehalten, aber sie, Olivia, war überzeugt, daß er woanders weiterforscht.

Scheiße, war die verrückt, ständig hat sie Gloria, Gloria

gebrüllt. Heute brüllen Jurst und Schinkel »wischen, wischen«, damals hat die Olivia »Gloria, Gloria« gebrüllt. Sicher war ihr Alter nur ein Vorwand, mit den Männern abzuschließen. Na ja, nicht jeder hat das Glück, einen Herkules zu treffen. Olivia hat sich dafür Hunde gehalten, nicht zwei oder vier, nein 50! 50 Streuner. Super. Alle in einen Drahtverhau gepfercht. Und wißt ihr, wie Olivia den genannt hat? Vatikan. Vatikan? Wenn ich gefragt habe, was sie damit meint, hat sie gelacht.

Ach, Gloria, hat sie gejauchzt, du bist lustig. Scheiße. Dabei ist Vatikan doch wirklich kein Name für einen Drahtverschlag. Täglich mußte ich hinein, den Kötern eine Spaghettata bringen, einen großen Topf mit Nudeln, Thunfischeiern und Olivenöl. Super. Ihr könnt euch denken, wie sich die gefreut haben. Der Geifer rann ihnen heraus, sie haben geknurrt, gebellt, sind an mir hochgesprungen, wollten mich vergewaltigen. 50 hungrige, fickrige Hunde. Und die Olivia hat zugesehen, gelacht. Ja, leider, leider Gloria, hat sie geflötet, leider kann ich dir nicht helfen, denn weißt du, meine Beine, Scheiße. Die war wirklich irre.

In Conchitas Kopf tummelten sich die Gedanken, Warzen, Krapfen, Marmelade, Spaghettata, sie war in einen Sog geraten, der alles verwirbelte, hatte sich von der Küche und der darin montierten Boje der Erzählung losgemacht und war in Richtung Bräutigam geschwommen, hatte ihn als See, in dem lauter Leichen schwammen, vor dem Fernseher gefunden und war weiter ihrer Strömung folgend ins unversperrte Klo getrieben, wo Zsmirgel eben dabei war, sich selber zu vergessen. Ganz für sich. Er hatte das Laichen wiederentdeckt. Angestupst von den süßen Wurstsemmel-Stößen unterm Küchentisch, war er in Schwung gekommen, seinen Leuchtturm raufgelaufen, hatte ihn entzündet. Und so stand er da, entblößt, mit einem heißen, gleißenden Lichtschein auf dem Dach. Purpurrot fabulierte er etwas in den Schoß, ankerte sich glossolalisch, ratterte und stöhnte. Wie ein Hafenbruder. Wie entsteht eigentlich eine Erektion? Preßt das Hirn sich zusammen, drückt sich selbst das Blut heraus? Oder nimmt der Blutdruck zu? Aber dann müßten ja auch andere Körperteile versteifen. Zum Beispiel die Ohren. Schon sonderbar, so eine Erektion. Conchita blickte sie abschätzig an, schloß bis auf einen schmalen Spalt die Augen, legte den Kopf zurück. Auch ihre Pupillen wurden kleiner, punktförmig und aufgeladen, als ob Flämmchen aus ihnen züngelten. Was aber kam heraus? Wie von einer Schwerkraft war Conchita angezogen, trieb sie gleich hinzu, in Richtung Zsmirgel. Ihr Mund war offen, ihre Zunge heiß.

Es hat immer etwas Düsteres, wenn man sich allein und ungesehen glaubt, plötzlich aber vorgeführt bekommt, daß man es nicht war. Zsmirgel fühlte sich ertappt, nackt und angreifbar, suchte nach Bekleidung und nach Ausreden. Doch ehe ihm was eingefallen war, hatte sich die Süße auch schon hingekniet und ihren spitzen Mund über die purpurrote Fleischeichel gestülpt. Zärtlich umschlossen die Lippen den ganzen Knauf, begann Conchita zu lutschen. Sie war ganz Mund, ganz Zunge, Wangenfleisch und Zähne. Ihre Augen nur noch Schlitze. Ob sie wußte, wie sehr sie ihn damit beglückte?

Er hielt still, atmete ihren Körperdunst, eine Mischung aus Maiglöckchen und überreifem Paprika, spürte ihre Vibration, Zunge, Wangenfleisch und Zähne. Alles in ihrem abwärtsgewandten Gesicht zog Zsmirgel nach unten, weg aus seinem Kopf. Und sie, sie war ganz Mund, ganz hauruck und runterzu. Bis zu ihrem 18. Lebensjahr hatte

Conchitas Mutter ihr die Nuckelflasche machen müssen, hatte sie, die göttliche Muschel, aus Babyfläschchen warme Milch getrunken. Vielleicht daher ihre immer spitzen Lippen, ihre Freude schon beim Wort, der nassen Aussprache, Fellatio. Oder übte sie heimlich? Vielleicht besaß sie ja einen Fellatiomat? Zsmirgel ließ sich diese Zuwendung gefallen, schloß die Augen, summte leise »you are a jolly good fellow, you are a jolly good fellow, ich steck ihn dir hinein«.

Immer steht eine Katastrophe am Rande des Geschehens und schaut zu. Bloß 15 Zentimeter Wand trennten das »you are a jolly good fellow«-Bad-WC von der Küche, wo gerade Pasqualina einen Traum erzählte, in dem sie ihren Vater getroffen hatte.

– Es war im Parlament, geregnet hat es, ja, mitten im Parlament, ein feiner Sprühregen. Und die Parlamentarier waren alles Bauarbeiter. Ich habe den Bundesadler angesehen, auf einmal war es mein Vater, der gemeint hat: Quaqua, sei nicht blöd, du bist genießend, ausufernd und liebst es, über die Stränge zu schlagen, was soll dein Körper anders sein als du. Du bist keine frustrierte 17jährige, die zu Hause bleiben und auf den Prinzen warten muß. Du bist nicht Franz Kafka. Du bist jetzt eine Frau, steh zu dir. Was tust du dir bloß an. Diese Komplexe wegen dem Gewicht, die sind doch lächerlich.

– Das hat er gesagt?

– Ich will auch durchsichtig sein wie ein Transparentpapier.

– Weißt du, sagte Pasqualina zur Verrückten, irgendwie war mein Vater so wie du. Ihr hättet euch geliebt. Er war auch ein klein wenig verrückt. Einmal hat er sich in einer Kaserne einen Panzer ausgeborgt, ist damit durch die Stadt gefahren. Ein Waffennarr. Nero war sein Lieblingsheld. Stalin und Hitler. Diese Idee, alles für den Augenblick zu opfern, alles dem Spektakel unterzuordnen, nicht nach Konsequenzen zu fragen, das hat ihm getaugt. Aber er hatte einen Kulturkomplex, Opernsänger wollte er werden. Wagner. Er hat viel gelesen. Nietzsche, Casanova, Brecht.

– Auch den Joseph Roth?

– Er hat immer groß getan, genau wie du.

– Wieso?

– Du gehst ja auch in Fünf-Sterne-Hotels und läßt dir alles zeigen und erklären, und tust, wie wenn du eine Suite mietest, läßt die Leute vor dir buckeln, um am Schluß zu lächeln und zu sagen, ach was, mir ist das doch zu billig. Jedem erzählst du von der Wohnung deines Architektenvaters, Marmorbad und Dachterrasse. Wenn du könntest, würdest du dich auf Mauern und Brückenpfeiler kleben, Hymnen auf dich singen, dich vergöttern lassen. Du hast denselben Geltungsdrang wie mein Vater. Unten, tief in eurem Grunde wohnt ein Drache, brüllt und schreit nach Anerkennung, Lob.

– Hmm, murmelte Gloria, vielleicht. Aber dein Vater war schon alt und dick und pleite. Ich aber habe ein Konto, eine Zukunft, Herkules. Frau Wurzel und Orkan Görkhan kennen mich.

– Blumen, schob Manker sich dazwischen, interessieren mich überhaupt nicht, höchstens Schneerosen. Seine Aussprache war tranig, trüb sein Blick, beschlagen. Obwohl es interessant ist, lallte er, daß Pflanzen von der Existenz der Tiere wissen. Wie sonst ist zu erklären, daß manche Samen von Tieren verdaut werden müssen? Sein Magen gluckste. Blumen kennen keinen Sonnenbrand. Er hatte ein Bein übergeschlagen und erschrak, als es wie ein Pendel zu schlagen anfing. Mit der Hand mußte er es festhalten. Das Bein aber wehrte sich, es kam zu einem kleinen Kampf. Um davon abzulenken, sagte er:

– Nichts ist schöner, als mit einem Sonnenbrand zu bumsen.

– Bumsen? Der einzige Grund, deklamierte Gloria, warum ich gerne ein Mann wäre, ist, daß ich dann die in der Klomuschel pickenden Scheißebröckchen wegbrunzen könnte. Sie dachte an die Gloriette und ihre Kapuzinergruft, an ihre eigene Sackerlscheißer- und Trichterpischerpraxis.

– Brunzen ist ein ziemlich ordinäres Wort, lachte die Dicke. Angeblich gibt es ja Männer, die auf sowas stehen.

– Auf was?

– Daß man sie anbrunzt.

– Grauslich, juchzte Gloria hell auf. Den Herkules werde ich bestimmt nicht anbrunzen, den Linimeyer auch nicht. Obwohl? Würde es dir gefallen, wenn man dich anbrunzt, Manker?

– Sonst noch was. Das ist ja wohl ziemlich das Allerletzte. Grauslich.

– Nur wenn er unbedingt will, der Herkules.

Was das in Manker anrichtete, konnte Gloria nicht ahnen. Die Eisplatte, unter der er lag, brach weg, das Trübe taute auf, in Sekundenbruchteilen nüchterte er aus – wie bei einer Gendarmeriekontrolle. Schon wollte er seinen Ausweis zeigen und Gloria fragen, ob sie auch ihm, wenn er kleine Bröckchen im Mund picken hätte, diese wegbrunzen würde? Und er blies in dieses Röhrchen, sah es sich verfärben, sah eine ihn bepinkelnde, stark behaarte Jüdin namens Gloria, die ihren Kontostand litaneiisierte. Entsetzlich. Der Führerschein war weg. Totalschaden. Er warf sich selber ins Gefängnis, trank, ohne abzusetzen, sein Glas leer und beschloß zu gehen. Genug. Irgend etwas hing hier in der Luft, was Stinkendes, als habe man vergessen, das Wasser in den Blumenvasen zu wechseln, als habe sich schon jemand angepischt.

– Das einzige, lallte er, was mich am Pissen, äh, an Pflanzen interessiert, ist, was man daraus macht. Seine dachförmigen Augenbrauen verwandelten sich in Pfeilspitzen, sein Mund war spitz und feucht. Aus Pisse, äh, aus Ginster macht man Gin, aus Rüben Inländer-Rum, Limoncello aus Zitronen, aus Anis den Pastis.

– Mein Vater, stopfte sich die Dicke ein Brötchen in den Mund, hat auch gerne getrunken, aber am Schluß bekam er Kortison. Er war ja zuvor schon fett, nun wurde er noch aufgeschwemmt, sagte sie mit vollem Mund, er bekam einen richtig qualligen Kopf wie eine Froschkehle. Obendrein hat er noch deliriert. Fieberphantasien. Ein röchelnder Alter ist im selben Zimmer gelegen, und eines Morgens hat sich mein Vater furchtbar aufgeregt, warum man das zuläßt, Sauerei, daß man in seinem Zimmer bumst, im deutschen Hospital in Buenos Aires. Bumsen? Auf der Intensivstation? Das sei doch ein Skandal! Sogar die Oberärzte ließ er kommen, hat sie hingestellt wie Schulbuben, komplett zur Sau gemacht. Das man das mit ihm nicht machen könne, nicht mit ihm, mit Alfred Tonymontana. Die Ärzte haben sich entschuldigt, waren sprachlos. Ein Versehen. Später stellte sich freilich heraus, er hat in seinem Delirium tremens das Röcheln des sterbenden Zimmergenossen als Fickstöhnen gehört.

– Pissen? Küssen? Alles Lug und Trug. Sogar Busen. Ahoi. Die schönsten Busen, formte sich in Manker ein likörgeschwängerter Satz, haben junge dicke Männer. Schöne Spitzbusen. Für BH-Photographien von Kaufhauskatalogen nimmt man junge fette Männerbusen. Busen? Nein, genug, dachte es tief in ihm, es reicht, jetzt muß ich gehen. Zu Hause höre ich mir Führerreden an, knie mich vor die Billafrau, lasse mir Innviertler Most ins Maul spritzen und masturbiere, vorausgesetzt die Mariella schläft. Er erhob sich, wankte, alles dehnte sich wie in einer Zentrifuge, Pasqualina war doppelt so dick und die Verrückte doppelt so verrückt, er küßte beide viermal und wackelte die Küchenzeile lang, zum Glück hatte die eine Reling, sonst wäre er gleich umgekippt, alles war nun in Bewegung, drehte sich, sogar der Boden schien wie Wasser unruhig, das war Seekrankheit, er schloß die Augen, doch alles in ihm schwappte, kippte, sang Matrosenlieder. Was für ein Rausch. Gerecht ist Gott in allen seinen Wegen. Gut, daß in der ganzen Küche Schaumstoff war, wo Manker auch hinstieß, tat es gar nicht weh, nein, lustig war's. So taumelte er wie ein ruderloses Schiff in Richtung Klo. Ahoi.

Da lösten sich woanders Enterhaken, suchten einen Halt, glitten ab, schlichen durch die Wohnung, fanden endlich Seth, zwickten ihn, krallten sich in ihn, holten einen Drang hervor, aufs Klo, sofort. Das Bild einer zerstückelten Leiche hatte ihm in den Magen reingelangt, alles herauszuholen, die in ihre Bestandteile zerlegte Hochzeitstorte, Brote, Wein, alles. Aufs Klo! Sofort! Seth und Manker hatten also einen Weg. Der eine taumelte, ahoi, der andere, die Hand bereits vorm Mund, schluckte, da rumpelten sie aneinander, drängten, griffen beide nach der Tür zum Bad, stießen sie auf, genau in dem Moment, punktgenau, in dem im Inneren des Raums ein Marmeladekrapfen-Bild zur Ewigkeit gefror, Dinge hingen in der Luft und breiteten sich aus, ohne Genierer, ein langer Spermafaden und ein leiser Seufzer Zsmirgels. Herr, du tötest und belebst, heilst und verwundest, zerstörst, reißt ein und nieder, so wie du erbaust mit deiner Macht und

Milde. Herr, vergib ihnen jede Schuld und jedes menschliche Vergehen. Ahoi.

– Ich speib mich an.

Während der Stöhner schnell zerfaserte, schlug der milchig weiße Faden mitten ins bereitgestellte Brautgesicht – pslllk – wie eine Kaugummiblase, wenn sie platzt. Für Seth freilich war es ein Peitschenhieb. Aus mit auszuzeln. Er spürte das Wasser in die Augen schießen. Blitze im Gehirn, ein Stich. Löschfahrzeuge. Der Mund wollte sich zur Empörung auftun, aber von unten drängte schon was anderes, Speiberling. Er war besinnungslos, drängte zum Waschbecken, kotzte, kotzte, ohne zu wissen weshalb. Er röchelte und grunzte, hing in seinem Leib, als hätte ihm jemand die Knochen rausgezogen, als würde ihm alles Inwendige ins Äußere verkehrt.

Unsere Lebenstage sind gezählt. Da gibt keiner was hinzu, keiner nimmt was weg. Gerecht ist Gott der Herr in allen seinen Wegen. Die Süße erstarrte, Manker lallte:

– Ahoi, Anker lichten.

Alle anderen sahen verwirrt umher, suchten Halt in Kleinigkeiten, in den zwei verrosteten Schrauben, mit denen das beige Klo im Boden befestigt war, in den semmelkrenbraunen Fliesen mit dem Schilfgrasdekor, in den Rissen an der Decke. Sie sahen auf den Spiegel mit der nackten Neonröhre darüber, auf die ausgefransten Zahnbürsten, das Deodorant, die diversen Lippenstifte, die schimmeligen Fugen, eine Stange, an der ein weißer Duschvorhang hing, das Klopapier auf dem Spülkasten, Zeitungen, Comics – ganz egal, wohin sie schauten, sie fanden nichts.

Nur Zsmirgel, die 330 Millionen im Rücken, in peinlichen Situationen schon geübt, bemühte sich, den kotzenden Bräutigam zu trösten. Die Peinlichkeit mischte sich mit Verachtung und verrührte sich mit der postejakulatorischen Depression zu einem interessanten Gefühlscocktail. O Herr, weck mich auf und sag, es war ein Traum.

– O Herr, der du schaltest in der Tiefe wie in der Höhe, o Herr, murmelte Seth, das Opfer Seth, der Auszuzler, laß diesen Kelch an mir vorübergehen.

– Es ist nicht, wie du denkst, Seth, flüsterte Zsmirgel. Mir fehlt nämlich ein Hoden. Ich habe keinen Nebenhoden mehr, nur eine Attrappe, einen Silikon-Nebenhoden.

– Schau her, dämmerte es Manker irgendwo in seinem Nebel, der ist ja richtig gut.

– Jedenfalls, so Zsmirgel weiter, habe ich mir vor zwei Jahren mit einer Frau namens Elvira eine Hodenverdrehung zugezogen. Das hat nicht nur höllisch weh getan, sondern auch den Nebenhoden, da er ohne Blut geblieben ist, abgetötet. Seither habe ich panische Angst vor Sex, und es hat nie, nie, nie mehr funktioniert. Ich hab' ihn einfach nicht mehr – Zsmirgel machte mit nur einem Finger eine ganze Handbewegung. Und nun hat deine Frau gesagt, sie weiß, wie man das heilt. Was du gesehen hast, Seth, ist aus medizinischen Gründen geschehen und hatte nichts, nichts, nichts mit Lust zu tun. Es war nur eine etwas andere Augenzeugenschaft. Mehr nicht. Ein Trauzeugenausgleich. Darum hast du es gesehen. Vor Gottes Angesicht. Seth, du kennst mich doch, ich bin der moralischste Mensch, den es gibt. Sogar mit den Nekrologen habe ich aufgehört, solange nicht klar ist, was durch sie geschieht.

– Lügner.

– Ahoi, grinste Manker.

Seth aber war verwirrt, gedemütigt, und sein einziger Gedanke lautete, gut, daß meine Eltern nicht mehr da sind, diese Schmach nicht miterleben müssen. Doch hatte er das kaum gedacht, da vernahm er schon ein Klopfen, die Stimme seiner Mutter, das Flugzeug, ein Gebrechen, der Start verzögert. Aus. Herr, du bist gerecht in allen deinen Wegen und vernünftig ist dein Tun. Erbarme dich.

V
Die Bredouille

Die Nächte werden frischer, das macht den Morgen tranig und den Vormittag ganz angenehm. Wenn nur dieser Radau nicht wäre. Das Ministerium für anhaltende Lärmbelästigung kennt kein Erbarmen. Kreissägen im Asphalt, Abrißbirnen, Kräne und Gerüste, Caterpillars und Planierraupen, Mischmaschinen, Teer, Kies und braunes Wasser, Verschalungen mitten in der Erde, Adern aus Beton. Bauarbeiter überall, die wie die Junikäfer mit dem Sommer kommen, in Bretterbuden und Containern wohnen. Bauarbeiter, das sind Zirkusleute, braun wie die Zigeuner. Tätowierungen. Aber den Stadtvätern kommen sie zupaß. Wie Söhne läßt man die Städte nicht in Ruhe, höhlt sie aus, zerstört, sprengt, baut auf und um und will sich selber darin sehen.

– Man darf sich selbst niemals in Ruhe lassen, war Manker wieder nüchtern, ganz bei sich, man muß sich selbst aushöhlen, abreißen, aufschütten und neu fundamentieren. Ständig muß man sich trainieren, so lange, bis man die vorderen Glieder seiner Finger beherrscht, die Augenbrauen einzeln hochziehen kann, sich ganz unter Kontrolle hat. Sonst wird man ein Tourismusmensch. Man ist dann nicht mehr echt, sondern verdünnt.

– Tourismusmensch? stand in Zsmirgels aufwärtsgewandtem Gesicht alles offen. Ich reise gern.

– Niemand will noch in den Himmel! Was ist die größte lebendige Religion? Der Tourismus. Römisch-katholisch? Evangelisch? Das sind Ausreden. Heutzutage müßte in den Formularen stehen: Mallorca oder Jesolo? Auto, Flugzeug oder Bahn? Club, Hotel oder Pension? Alles Touristen. Und was beten sie an? Wahrheit? Freiheit? Transzendenz? Das ewige Leben? Die Erlösung? Nein, die Photographie! Das Video! Es gibt keine langweiligeren Menschen als die Weltenbummler. Komplett verdummt. Und selbstsicher. Die Touristen machen alles hin. Die Einheimischen werden zerstört. Städte, Speisekarten, alles paßt sich in vorauseilendem Gehorsam den Touristen an. Alles geht kaputt. Nur noch Tourismusindustrie, Touristenmenüs, Touristenkrankheiten, ganz Afrika schnitzt Souvenirs. Und Südamerika? Kleine Tonfiguren, Milliarden kleiner Tonmännchen und Flöten, alles andere kommt aus Asien. Nur Kitsch. Die Hotels und die Folklore. Auf der ganzen Welt führt man den Touristen sogenannte Bräuche vor, Bräuche, die es nie gegeben hat. Alles Lug und Trug – wie die Busen fetter Männer. Und alle machen's nur fürs Geld, dafür, daß sie selbst einmal Tourist sein können. Weil sie daran glauben. Weil es ihre Religion ist. Anders reisen oder Tui.

– Wenn eine Frau, zündete sich Manker eine Zigarette an, wenn eine Frau ihre Schuhe auszieht und sie plötzlich kleiner wird, dann hat das etwas, sie enthüllt Intimität. Aber vom Massentourismus hat keiner was. Die schönsten Orte dieser Welt sind belagert wie eine billige Hure. Alle Intimität ist hin. Die Freier wollen nur beweisen, daß sie draufgelegen sind. Man müßte das beschränken. Zum Beispiel mit einer Sehenswürdigkeitenlotterie. Jeder bekommt im Jahr zwei Sehenswürdigkeiten zugelost, die darf er dann besichtigen, mehr nicht. Dann würde er sich vorbereiten, alles genauestens studieren. Er würde hinfahren und verweilen, nicht durchhetzen. Und auch die Geschäftemacherei hätte ein Ende, die unverschämten Preise für eine Flasche Wasser. Manker saugte an seiner Zigarette. Die Blaue Grotte in Capri, Pompeji, die schönsten Orte in Peru, Altamira, die Sambesi-Fälle, Iguazu, alles kaputt. Alles ohne Reiz. Wie wenn eine Frau ihre Schuhe auszieht und sofort mit Deodorant besprüht.

– Trotzdem weiß ich nicht, was wir in einer Schule sollen. Zsmirgel schluckte. Schon die Baustelle war ein starkes Stück, aber die Lektion drei? Als Talentsucher in einer Schule? Wo ich vom Boxen nichts verstehe. Sagt man nicht Ring, obwohl die Bühne eckig ist? Und Linksausleger, Rechtsausleger? Mich erinnert das an Autos ohne Blinker, wo man den Arm rausstreckt. An Wirtshausraufereien. Und knockout? Wieso knockout? Ausgeklopft? Das ist ein Klopfersport. Boxer haben einen Klopfer. Und wie zum Beweis klopfte Zsmirgel mit der Faust gegen Mankers Schläfe.

– Nach deinem Gesellenstück.

– Ich?

– Bei der Hochzeit.

– Ah so. Aber das Beste kommt noch, sie hat mich wieder angerufen.

– Conchita? Gefällt sie dir?

– Dir nicht?

– Paß auf, sie stiehlt.

– Ich weiß.

– Hat sie was erzählt?

– Was?

– Du hast dich gleich verdrückt, verständlich, aber die Geschichte ist noch weitergegangen. Manker machte eine kleine Pause, die Spannung zu erhöhen.

– Weil Seths Eltern gekommen sind? Peinlich. Zsmirgel hatte einen abscheulichen Pickel an sich entdeckt, rot umrandet, mit gelbem Eiterkopf.

– Ich bin ja auch nach Hause, total besoffen, doch was sehe ich? Sonderbare Kugellampen hängen da am dunkelgrünen Schmiedeeisen. Nein, das sind ja Hemden, Leibchen, Hosen, und es hängt nicht, sondern fliegt. Alles fliegt da aus dem Fenster. Lustig, denke ich, endlich etwas Originelles. Aber dann hab' ich gemerkt, daß das meine Sachen sind. Meine schönsten Sachen kamen angeflogen. Eine Stimme habe ich erkannt. Mariella, sie hat getobt und gebrüllt. Ein viel zu schwacher Reiz, um noch zu mir, in mein Gehäuse durchzudringen. Irgendwie will ich sie beruhigen, nehme sie an der Schulter, merke, sie riecht nach Erbrochenem. Faß mich nicht an, hat sie geschrien, vor dir fürchte ich mich, du bist widerlich, du stinkst. Gleich lief sie halbnackt auf die Straße. Nur mit Höschen, Badesandalen. Ach, du Schande. Die Nachbarn? Was werden sie denken! Ich, so schnell es ging, ihr hinterher, aber die hatte ein Tempo, und die hat gebrüllt, daß sie noch nie einen Orgasmus hatte. Noch nie! Ein Bild muß das gewesen sein, eine barbusige Schwarze, die herumschreit, daß es ihr noch nie gekommen ist. Fremde Menschen sind stehengeblieben, manche haben mir zugeschrien, gib's ihr, der Sau, der Negerin. Rührend, aber irrelevant. Andere haben auf sich selbst gezeigt und gesagt, dann komm her, ich besorg es dir.

– So sind sie, die Leute. Sie bestehen aus überkommenen Ansichten und treten für sie ein. Aber nicht alle. Viele bemühen sich, lernen dazu. Da sprang der Pickel auf und hopste ein gewaltiger Talgpatzen in die Tiefe.

– Zu Seth! In ihrer Verzweiflung ist Mariella zu Seth gerannt, halbnackt, und hat getobt, die Conchita ist ein Schwein, eine Hure und das Allerletzte, eine stinkige verfaulte Muschel. Eine Geschlechtskrankheit mit häßlichen Geschwüren soll sie treffen, die Titten sollen ihr abfaulen, dieser Kröte. Man müßte ihr das Loch zunähen, und so weiter. Seths Eltern waren gleich auf Mariellas Seite. Den Vater hättest du sehen sollen, wie der gegrinst hat, offen heraus aus seinen Warzen. Ich habe aber nicht lockergelassen, wollte wissen, was sie hat.

– Und?

– Sie hat an meinem Handy rumgespielt gehabt, ein SMS von Conchita gelesen. Mariella kann ja fast kein Deutsch, sie hat geglaubt »ich trinke auf dich« heißt, ich will dir einen blasen. Sie hat vibriert vor Zorn. Sie will mich nicht mehr sehen, aus, jemand, der so etwas empfängt, ist auch ein Schwein, nach Venezuela geht sie zurück. Basta. Ich war perplex. Fassungslos betrachtete ich ihre Leere, ohne daß mir etwas zum Hineintun eingefallen wäre. Wie kann man nur so blöd sein? Gott sei Dank hat Seth sie dann getröstet. Dem hat sie geglaubt.

– Wie war er denn beisammen?

– Ich glaube, er war froh, daß er was zu tun hatte.

– Schöne Hochzeitsgesellschaft.

– Allerdings.

– Ich dagegen habe, fischte Zsmirgel eine Köstlichkeit aus einem Glas voll Öl, wieder einen Nekrolog geschrieben. Hmm, was für ein Geruch. Sir Alec Guinness.

– Und? Manker ließ sich die Stille förmlich auf der Zunge zergehen.

– Zwei Stunden später, Zsmirgel machte eine Handbewegung, spuckte auf den Boden, tot. Aber Alec Guinness hat mir nichts bedeutet. Es gibt Prominente, die werden einem immer nur hineingestopft, legen sich aber nicht an, rasseln durch wie Sauerkraut.

– Bravo, schnalzte Manker mit der Zunge. Dieser Zsmirgel könnte noch zum reinsten Delikatessenladen werden. Schon sah er Schinken von der Decke hängen,

Tassen voll fettiger Sprotten, französische Käsesorten, Würste von Eseln und Pferden, eingelegte Früchte, Körbe mit reifen, aufplatzenden Feigen, dunkelblauen Trauben, Äpfeln, Likör- und Weinflaschen. Wunderbar. Mit diesen Nekrologen würde man ans große Geld kommen. Wenn man erst Zsmirgel so weit hatte. Noch war der zu dumm, zu gutmütig, zu moralisch, ganze Vorratskammern waren ihm noch mit Menschlichkeit angefüllt, abgestandener Humanismus, Höflichkeiten, phu. Dieser Moralismusschimmel, verlogen wie Frauen beim Friseur.

Am Himmel hatten sich Wolken gebildet, wie nach einem Rohrbruch Wasserflecken an der Decke. Bedrohlich. Manker lehnte sich zurück und holte Luft. Sein Kopf war fiebrig. Dort, wo es noch keine Wörter gab, spürte er ein Vakuum, etwas Kälte, Schule. Ob man ihnen glauben würde? War die Lektion drei nicht närrisch? Er dachte an den Flachmann in seiner Brusttasche, Birnenbrand, der täte jetzt gut. Doch nein, suchte er sich ein großes Verbotsschild zu befestigen. Nein. Dieses Lokal war noch geschlossen, noch standen die Sessel auf den Tischen. Williams schlief. Der Eingang war versperrt. Manker trat gegen einen kleinen Stein. Er haßte die Unbeherrschtheit, zumindest bei den anderen. Das Steinchen kullerte dahin, traf einen Pensionisten, der sich verärgert umschaute, aber nichts sagte.

Die verweichlichende Erziehung war Manker zuwider. Wieder trat er gegen ein Steinchen. Was kam da heraus? Arrogantes, nichtsnutziges Schnöselvolk. Menschen, die Stirner, Proudhon und Bakunin für Designer hielten, Menschen mit Nachgeschmack, in ihre Dummheit verbarrikadiert. Feste Deppen. Nächstes Steinchen. Und Antialkoholiker, griff sich Manker in die Brust, zog die Flasche raus, trank und schüttelte angewidert seinen Kopf. Bhää.

Das brannte. Verdammt. Und wer war schuld? Die Schnösel. Nächstes Steinchen. Jugendliche mußte man brechen, schmieden, treiben und in Form bringen, solange sie noch heiß waren. Die Schlacke abschöpfen. Nächstes Steinchen. Heranwachsende gehörten abgeschreckt, Ketten brauchten sie, die sie später dann zerreißen konnten. Wie sonst sollten sie begreifen, was ungerecht war, was gemein. Der Mensch lebt gesondert und abgetrennt in seine Haut gefüllt. Man muß das nicht noch unterstützen. Es reichen die ererbten Ticks und Lebensmuster, die man hat. Nächstes Steinchen.

– So, krächzte da der Pensionist, wenn du mich noch einmal beschießt, rufe ich die Polizei. Rotzbub, frecher.

– Entschuldigung, ich war ganz in Gedanken.

– Trottel.

Pädagogik ist ein in der Speiseröhre verlorenes Objekt. Während es Manker die Brust hinabbrannte und dem Hirn kleine Schläge versetzte, gelangten sie nach Gießhübl, Realgymnasium. Was war das da Ekliges auf dem Vorplatz? Eine große, schleimige Kröte! Das Lehrkörperkollegium! Es schluckte kurz, weil die beiden vom Sportministerium beauftragten Kommissare noch so jung und per pedes gekommen waren. Die Kröte gluckste, ihre Warzen waren Lehrerköpfe. Die weiblichen mit kurzen, blond gemeschten Haaren; mit eckigen, getönten Brillen die Männer. Lehrer waren immer sonderbar. Alle ihre Energie wurde in Reibung investiert, zu Bewegung kam es kaum. Lehrer hätten Schwerarbeiterzulage verdient, gingen die meisten doch daran zugrunde. Ein in der Speiseröhre verlorenes Objekt.

– Auguri. Alles ist schon vorbereitet, übte sich der Direktor, ein gewisser Professor Scherübl, im Schleimen und Buckeln. Sein Gesicht war eine einzige Aufweichung, die Verlängerung des Doppelkinns. Ein grauer Steireranzug hielt ihn zusammen. Das goldene Sportabzeichen der Republik thronte darauf wie Kräuterbutter auf dem Steak. Was für eine Unke, das geborene Opfer. Manker war begeistert, in seinem Hirn kramte er nach Mitteln, ihn zu quälen. Hier wäre ein Exempel zu statuieren. Manker holte bereits aus, ihm seine Idee von der Konsumentenolympiade wie einen Feuerwerkskörper unters Fleisch zu schieben. Das gäbe eine Explosion. Die Kröte würde es zerreißen.

Wie bei richtigen Olympischen Spielen gab es auch bei der Konsumentenolympiade Wettkämpfe in diversen Disziplinen, nur mit dem Unterschied, daß man dabei auch konsumieren mußte. Die 400-Meter-Läufer etwa hatten gleich nach dem Start eine Flasche Schnaps zu trinken, dann erst durften sie los. Die Ringer, Judokas und Boxer mußten LSD nehmen, während bei den Spring- und Dressurreitern die Pferde Aufputschmittel bekamen. Von den Marathonläufern war eine ganze japanische Schulklasse oral zu befriedigen, die Segler bekamen Haschkeks, die Schützen Kokain. Das würde diesen ganzen trüben Sport ein wenig kontrastieren, unserem Bedürfnis nach Hetze und Hinrichtungen genügen, Verletzte gäbe es, Tote. Die Drogen und der Alkohol würden die Sportler aufscheuchen, umrühren, alles wäre noch stärker eine Frage der Strategie. Man stelle sich ein Fußballspiel mit lauter Betrunkenen vor, das Gewirke an Flüchen und Tritten, der allgemeine Taumel, herrlich. Eine Serie von Unfällen bewirkt ja Heiterkeit – aus Respekt vor einer sonderbaren, unbekannten Macht. Hier wäre sie vorhersehbar. Wie eine Schicksalswinde voller Slapstick. Schön.

Nicht daß Manker Sportler gehaßt hätte, er dachte sich nur gerne Olympiaden aus. Die Tierquälerolympiade etwa, bei der es eine Disziplin war, den Bremsen Nadeln in den Rücken zu bohren, um zu sehen, wie weit sie dann noch flogen. Wie weit liefen Hühner ohne Köpfe? Wie lange miaute eine Katze, wenn sie von einer Schlange verdaut wurde? An Derartigem bastelte Manker herum. Olympiaden waren sein Spleen. Die Süßigkeitenolympiade etwa, bei der es darum ging, Casali-Rumkugeln so zu lutschen, daß nur die rumgefüllte Zuckerpraline blieb. Den Prinzenrollen mußte man die Keks wegbeißen, ohne die Schokolade zu beschädigen, während Mozartkugeln der Marzipankern freizulutschen war. Oder eine Muffdiving-Weltmeisterschaft? Eine Alkoholikerolympiade? Manker fiel genügend ein.

Bei jeder wirklichen Olympiade aber mußte er denken, daß diese Athleten, diese Tausenden Olympioniken, jahrelang nichts anderes taten als zu üben. Überall auf der Welt liefen sie herum, zertrampelten die Wiesen, verschreckten die Tiere, scheuchten sie Menschen aus Gedanken, verschandelten mit ihren Trainingsanzügen, Turnschuhen und Pulsmeßgeräten das Landschaftsbild. Die letztlich umjubelte Leistung war bloß das Produkt unendlich vieler Belästigung. Gefrorene Vibration. Ehrgeiz pur. Wenn man bedachte, wie viele Nachbarn, Anrainer und Familienmitglieder von diesen sinnlosen Trainings um ihre Ruhe gebracht wurden. Wie viele Gedanken so verunmöglicht wurden. Furchtbar. Und eine Olympiade war das Ende dieses Gedankenverunmöglichungs-Zyklus, eine Art Menstruation im Zerstören des Geistigen, ein Belästigungserweis. Eine Olympiade war die heutige Form der Bücherverbrennung. Kein Wunder, daß der Hitler eine veranstaltet hat.

Ähnlich verhielt es sich mit Musik. Was Musiker bei einem Konzert demonstrierten, war im Grunde angesammeltes Auf-die-Nerven-Gehen. Herausbluten von Unbefruchtetem. Tägliches stundenlanges Tonleitern-Rauf-und-Runterspielen, tägliches Quälen der Nachbarn. Totgeschlagene Zeit, verschenkte Natur. Bei einem Konzert applaudierten die, die verschont blieben. Sie jubelten, weil sie wußten, daß diese Musiker mit ihren täglichen Übungen Hunderten potentiellen Konkurrenten das Leben vergällten. Wie Seuchen fielen die Musiker über manche Häuser her, zerstörten Karrieren, Ehen, Leben. Und da der Mensch ein Konkurrenzschwein ist, applaudierten alle anderen. Musik war festgehaltene, mißbrauchte Zeit, ähnlich wie ein auf ein Brett geklebtes, an die Wand gehängtes Puzzle. Musik, Puzzles und Sport, das alles zeigte einer Regierung, daß ihr Volk nur Unfug trieb, nicht an Revolution dachte. Grund genug, daß ihr das gefiel, daß sie es auszeichnete und förderte.

Mit diesen Olympiaden spielte Manker, warf sie in die Höhe, fing sie, holte aus und wollte sie schon mitten in die Scherübl-Kröte werfen, sehen, wie die platzte. Doch irgend etwas warnte ihn: zu früh. Immer mit der Ruhe, nur Geduld.

Alle trotteten nun in den Turnsaal. Manker und Zsmirgel mittendrin. Die beiden Sportkommissare fühlten sich in ihre eigene Schulzeit zurückversetzt. Bilder befreiten sich aus längst verwachsenen Schichten ihres Lebens, purzelten herunter und gingen auf wie Brausepulver im Wasser, sprudelten kleine Fontänen hoch. In Zsmirgel die guten Noten, die Prügel und die Angst. Die Furcht, das Hinterteil der Hose sei zerrissen, daß alle lachten über ihn und seinen Arsch. Schule? Das war eine schwere Schleppe voller Demütigungen, ein mit Leiden und Entsetzen angefüllter Ranzen und ein Traum von Freiheit, von 26 Millionen.

Für Manker war es leicht, für ihn war Schule voll mit Mittagspausen, wo er Mädchen fing und fesselte, sie schlug und küßte. Gerne wühlte er in den Falten dieser lappenden Erinnerung.

Eine Mischung aus modriger Wäsche, Milchschweiß, Kantinenessen und Linoleum hing hier in der Luft. Die Hitze war ein Fleischwolf, faschierte Luft kam heraus. Jeder fächelte nach Frische, dabei bekam er nur die Ausdünstung von seinem Nachbarn.

– 20 Kämpfe, meinte der Direktor. In den Sommerferien hätten Vorausscheidungen die Klassensieger ermittelt. Nun ging es ums Ganze. Von der Zukunft eines Kindes weiß man nichts. Hoffen tut man alles. Aber was für eine Gnade, daß sich die Sportkommissare ausgerechnet für Gießhübl interessierten, war Direktor Scherübl ganz in seinem Saft. Ein dickes, fleischliches Geschöpf, das köchelte, kleine Bläschen schlug und spuckte. Schon wie er daherkam, schnaubend, ohne die Füße vom Boden zu heben, sagte einem alles. Sein Kopf versank zwischen den Schultern, fettiges, über die Stirn gestrichenes Haar, Knollennase. Ein Brief hatte gereicht, schon war er bereit, mit seinen Schülern ein Boxturnier auszutragen. Manker hatte extra angemerkt, daß auch Mädchen boxen dürften, ja, daß es sogar patriotisch sei, wenn man das fördere.

Eine Farce. Der ganze Brief stellte lediglich eine Talentsichtung in Aussicht. Aber so ist das mit der Hoffnung, kaum taucht sie wo auf, glauben alle gleich, sie gälte ihnen.

Der Tag war zum Tropfen geworden, lief zusammen, ergab eine Arena. Im Turnsaal war mit Stühlen und Seilen eine Art Ring gebaut. Eine verschwitzte dunkle Schönheit in Trainingshosen und Badeschlapfen stellte sich als Ringrichter vor. Frau Fachlehrer Stubnvoll. Schon droschen Erstklassler aufeinander ein. Weiche Stüber, ungeschickt und mehr mit Glück als mit Augenmaß gesetzt. Dennoch war da schnell ein Nasenbluten, eine Stubn voll, wurde eines dieser hopsenden Wesen flachgelegt, hinausgetragen. Weiter ging's. Schon rumpelten die nächsten aufeinander los, stöhnte es aus Kinderkehlen, ging es in ihren Gesichtern zu, als schütte man Mistkübel darauf aus. Wie auf einer Mülldeponie fühlte sich Zsmirgel. Gerüste aus rußgeschwärztem Holz, imprägnierte Haufen. Mief. Überall Gesindel. Bettelkinder. Frau Fachlehrer Stubnvoll. Und dann noch dieser König, Scherübl, der Mistplatzmonarch. Du sollst keine anderen Götter haben neben mir. Die Arme vor dem Bauch verschränkt und mit der Zunge schnalzend. Dem Armen stieg der Saft hoch. Wohlwollend registrierte er, daß Manker sich Notizen machte. Direktor Scherübl sah schon Scheinwerfer auf seinen Mistplatz leuchten und alles illuminieren, vor allem aber sah er sich selbst. Der Depp. Du sollst den Namen Gottes nicht verunehren. Man sieht es solchen Leuten an, daß sie in der Erwartung leben, anerkannt zu werden. Und schließlich bekommen sie etwas, werden Abteilungsvorstand, Schuldirektor oder Filialleiter. Dabei sind sie nichts. Sie sind gefährlich. Die Anerkennung muß ihnen zuvorkommen, sonst laufen sie noch Amok, drehen durch. Eitelkeit und Karrieredenken ist die moderne Form der Pest.

Käsig weiße Haut mit Flußläufen von blauen Adern. Schwarze Sporthosen und Rippleibchen. Blutrote Nasen, violette Flecken, heilige den Tag des Herrn, Blitze, die sagten: Jeder Gedanke ist der letzte. Erdnußgroße Zähne in den teigigen Milchgesichtern. Zsmirgel sagte das alles nichts, er war sich seines Platzes sicher, ging weg und ließ nur eine Vogelscheuche von sich zurück. Er entfloh in eine andere Welt, sah sich schon als Millionär in einem Swimmingpool, Cocktails trinkend, weiß livriertes Personal, da passierte es: Die Süße, die süße Conchita, stürzte herein, riß ihn heraus, schüttete ihm alles an, war wie ein Sturm in seiner ganzen Phantasie. Du sollst nicht ehebrechen. Er glaubte, Conchita hatte einen Pakt mit dem Teufel geschlossen, einem Teufel namens Seth. Der schien ein Vollidiot zu sein. Man sollte es vielleicht mit einem Nekrolog versuchen? Doch nein. Du sollst nicht töten, freilich, mit dem Schicksal spielt man nicht. Trotzdem eine Schande, daß so eine Frau nur wegen der Papiere heiratete, noch dazu so einen Seth, klopfte er sich auf den Vogelscheuchenbauch und sagte laut und deutlich: – Frechheit. So eine unverschämte Frechheit.

Das war peinlich. Wie Vögel waren alle Lehrerblicke aufgeschreckt, ihn böse anzusehen, nach ihm zu picken. Was erlaubte er sich? Du sollst kein falsches Zeugnis geben wider deinen Nächsten. Nur weil er ein höherer Beamter ist? Wie schnell sich Energien doch vereinigten – vor allem wenn sie noch in Vögeln war. Zsmirgel verlor etwas an Füllung, lächelte entschuldigend, sackte ein in sich. Zu seinen Angstträumen gehörte es, daß man ihm sagte, seine Zeugnisse seien alle ungültig, und er müsse wieder in die Schule gehen. Vielleicht würde auch Conchita eines Tages kommen und ihm sagen, ihr Leben sei ungültig ohne ihn. Sie liebte ihn. Sie brauchte ihn. Sie sei nur für ihn bestimmt. So wurde jeder Boxschlag auch ins Zsmirgelhirn gestoßen. Er müsse etwas tun. Den Weg freischlagen und Conchita, Conchita, Conchita befreien. Warum hatte er sie nicht geheiratet? Warum nur? Zu spät. Kämpfen müsse er. Conchita retten, auch wenn es da heißt, du sollst nicht begehren deines Nächsten Weib. So etwas galt für einen Journalisten, aber galt es auch für einen Millionär?

Anders Manker, der genoß die wohlgeformten Körper,

die Knospen der Mädchen und Fettbrüste der Knaben, Ehre sei Gott in der Höhe, den unschuldigen Ausdruck, der sie zum Objekt machte, gerade weil sie es mit ihrer Ich-liebe-Tiere-Dümmlichkeit noch nicht verstanden, und zack, hatten sie's auch schon am Auge, auf der Wange, klappten sie wie Scheren zusammen, fielen hin und spuckten Blut und Zähne. Es war phantastisch. Ehre sei Gott in der Höhe. Für Manker erfüllte sich ein Traum. Alles in ihm war im Überschwang, kippte aus, sang: Groß ist die Herrlichkeit, mächtig und gemein.

Sich prügelnde Kinder in der Arena ihrer Lehrer, die es ebenfalls genossen. So muß das Thunfischjagen bei einer Mattanza sein. Die Gegensätze stürmen aufeinander zu, beide überzeugt, daß nur einer wahr sein kann. Fisch oder Mensch, einer nur kann überleben. Kiemen gegen Lungen, Kraft gegen Gewalt. Eine Vielzahl junger Fischer, Netze und archaischer, unverständlicher Gesang, una, una, una, und unaufhaltsam färbt sich alles Wasser, füllt sich jedes Schiff mit Tod. Mit Harpunen stechen sie die Tiere ab, das Wasser färbt sich rostigrot. Die halbtote Beute wird an Bord gehievt. Aber bei keiner Mattanza waren die Athleten schön wie hier in Gießhübl, Realgymnasium. Glatte, ebene Gesichter, frische Körper. Vollkommen wie ein Kunstwerk, aber Bewegung kam hinzu – und Kampf. Sogar die Häßlichen waren auf gewisse Weise schön, Frau Fachlehrer Stubnvoll sowieso.

Die Jugend ist gutmütig. Wie eine hübsche Frau im Morgenmantel geht sie auf einen zu, gibt sogar den von Geburt an Zugerichteten eine Chance – nur wissen sie es nicht, merken's erst, wenn es zu spät ist, wenn ihre Häßlichkeit ausbricht.

Mattanza? Thunfischjagd vor Sizilien. In den Kapuzinerkatakomben stand auch ein Fischerkapitän, hat oft davon erzählt. Vom Ineinander und Umkreisen, vom Wirbeln und Schlagen, vom Brennen und Schreien, vom Bluten im Zentrum, dem Erkalten am Rand, dem Austrocknen der Hoffnung und immer vom Kampf. Aber heute kaufen am Ende alles die Japaner. Sie kaufen allen Thunfisch auf. Überall Japaner. Und in Gießhübl? Waren nicht auch in Gießhübl Japaner? Manker und Zsmirgel.

Zsmirgel und Manker hielten sich im Hintergrund. Während der eine geflüchtet war, eine Vogelscheuche von sich zurückgelassen hatte, genoß der andere Kampf für Kampf und Schlag für Schlag. Bis es vorbei war. Alles fertig. Aus.

Wenig später saßen sie an einem Mittagstisch.

– Was den Münchnern das Bier und den Wienern das Gulasch, ist mir das Boxen. Wie ein Hund in der Stadt, ist ein Mensch auf dem Land – so bin ich ohne Boxen. Zu einer großen, Gießhübl und Scherübl lobenden Rede holte er aus, die das Boxen in einen Topf steckte mit Philosophie und Kunst. Alle großen Namen des Boxsports holte Manker aus seinem Kühlschrank, schnitt sie auf, schälte sie und warf sie in das heiße Fett des Raums, auf daß sie brutzelten. Max Schmeling zischte auf, Cassius Clay scharwenzelte wie Zwiebeldunst durch die Luft, und alle hatten nasse Augen. Als sie Bubi Scholz und Sonny Liston hörten, weinten sie. Orsolics, Larry Holmes und Norton. Boxen, so der berauschte, sich in Auflösung befindliche Manker, sei der Urgrund aller Evolution. Ohne Boxen würden wir noch immer auf den Bäumen hängen, Katzen fürchten und Bananen fressen. Boxen, machte er den Lehrern den Mund wäßrig, Boxen sei viel bedeutender als alle Philosophen zusammen. Denn was waren Philosophen? Unentschlossene Verlierer. Auf die eine oder andere Art gescheitert. Feiglinge.

Boxer aber lernten auszuweichen, zu warten und im alles entscheidenden Moment zuzuschlagen. Ein guter Boxer wich vor allem aus, er tänzelte, machte den Gegner mürbe, wartete. Ein guter Boxer mußte vor allem eines sein, geduldig. So wie jeder vernünftige Mensch im Staat, der auch auswich vor Bürokratie, Finanzamt, Staat, verhielt sich auch der Boxer. Boxen, hob Manker sein Glas, ist die Substanz des Lebens. Boxen vermittelt Werte. Prost.

Alle standen auf und tranken ex. Die Lehrer, Direktor Scherübl, Frau Fachlehrer Stubnvoll. Manker aber spürte, wie ihm das große Scheißen kam. War es das Gulasch, der Knödel? Er spürte, wie es in ihm zu arbeiten begann. Es begann zu glucksen und zu rumpeln, kleine Durchfälle in ihm drin, memento mori, die er aber einfach unterdrückte, indem er weitersprach, Birnenbrand trank, vom Boxen schwärmte. Prost.

Verdaute Luft. Geruch nach Magensäure, und so mancher Blick legte sich schon schlafen. Wären nicht alle Lehrer auf das Nachbargleis ihres Lebens geglitten, satt vor Schmeichelfett, blind vor Gulaschsaft, sie hätten sehen müssen, daß an diesen Kommissaren etwas faul war. Erst recht, als die ministerielle Fassade Risse zeigte, brach, Manker sich erbot, zwei Schülerinnen, Fritzi und Lisi, näher zu prüfen.

– Denn sehen Sie, die haben sich mir eingebrockt. Aus denen könnte man etwas herauskochen. Talent. Ein Trichter des Erstaunens tat sich auf. Fritzi und Lisi? An die hätte man zuletzt gedacht. Grobgeschnitzte, vulgäre Blondinen, frühreif für ihr Alter, mehr am Ausgehen und am Rauchen als an der Schule interessiert. Aber vielleicht sahen die Sportkommissare durch die Verwahrlosung hindurch, sahen etwas anderes? Talent? Fürs Boxen? Warum nicht?

Fritzi und Lisi? Zsmirgel, der sich den ganzen Tag versteckt gehalten hatte, konnte sich nicht mehr halten. Fritzi und Lisi? Wie ein Hase lief er aus dem Bau, vorbei an den verdutzten Füchsen, vorbei an Hochständen, am Jäger Scherübl, durch Tische durch, vorbei an Kellnern, kleinen Katastrophen, mitten auf die Straße, durch die Hundemeute, die Gewehrkugeln, die Fragen, hopsend einem Hauseck zu, Haken schlug er, sprang, suchte Unterschlupf und fand ihn, endlich, Fritzi und Lisi, endlich beruhigte er sich wieder, endlich kam er wieder zur Besinnung und mußte zehn Minuten lachen, Fritzi und Lisi, sagte er immer wieder vor sich her: geheime Kommandosache, Lektion drei. Und er lachte, lachte, bis ihm die Luft wegblieb. Fritzi und Lisi? Die und Talent? Talent vielleicht, aber wofür?

Wie bei einer Kaffeemaschine, wenn der Filter übergeht, laufen Tränen über ein Gesicht, der größte Schmerz ist das Verlieren. Betäubt geht jemand durch altbekannte Straßen, erkennt aber seine Stadt nicht mehr. Alles verändert, alles anders. Bedeutungslos. Im Kopf tummeln sich Gedanken, langsam sickern sie durch und bilden in der Kehle einen Sud aus Schmerz, Melancholie.

Jemand, der eine Fliege auf seinem Gesicht herumlaufen läßt, jemand, dem Speichel aus dem Mund fließt, der die Augen nicht bewegt, nur beleidigt ist, ist das ein Toter? Ein k.o.-Geschlagener? Nein, nur Seth, eingesunken in sich selbst, schon am Versickern. Kaffeesud überall. Wo er hinkommt, schüttet jemand etwas aus. Die Serviererin in der Aida, die Verkäuferin am Markt, Sandler vor den Würstelbuden, allen fällt was aus der Hand, überall geht was kaputt. Warum? Weil Seth geladen ist? Weshalb? Er hatte doch ein Paradoxon von Frau, wunderhübsch, heiß wie eine Herdplatte, doch seit sie seine Frau war, unberührbar für den Wassertropfen Seth. Die dicken Oberschenkel und der Entengang, der spitze Mund, die Muschel, das alles gehörte ihm nicht mehr. Aus mit auszuzeln.

Eifersucht brannte in ihm nieder. Und so sehr er sich auch mühte zu vergessen, es half nichts. Sein Gedächtnis war erbarmungslos. Wie ein Ochs mußte es im Kreis laufen, bis alles ausgetrampelt war, der ganze Schmerz, die Hochzeitsnacht, die Badezimmerszene, Zsmirgel, seine Eltern. Seth war ein Vulkan, unter der Oberfläche des Verzeihens arbeitete es in ihm, spürte er die Veränderung, das Köcheln und Dampfen, die Lavamasse eines ungeheuren Zorns, den der Wassertropfen Seth unmöglich kühlen konnte, wurde doch gebrüllt: Rache! Rache für das Zugefügte. Rache! Tod! Tod und Klitoris. Doch Seth beherrschte sich. Er kannte andere Mittel. Briefe, etwa den:

»Liebe, liebste Conchita, meine Möndin, die ich liebe, geht es dir jetzt besser, gefällt es dir, mich zu ruinieren? Nein, mach dir keine Gedanken, wenn nur du dich dabei wohl fühlst, wenn nur du jetzt glücklich bist. Gut, du hast mich wegen der Papiere geheiratet, sonst wegen nichts, egal, ich war es dir nicht wert, daß du mein Kind austrägst, egal, ich hätte es geliebt wie dich, egal, für mich ist es ein Glück, so eine tolle Frau wie dich zu haben. Du hast es nur mit mir getrieben, weil du eine geile Hündin bist und ich ein geiler Hund. Hauptsache, du bist glücklich, meine Möndin. Hauptsache, dir geht es gut. Auch wenn du mich nicht achtest, auf meinen Gefühlen rumtrampelst und mich in den Schatten stellst, sollst du eines vor allem wissen, mir geht es nur um dich. Hauptsache, du bist glücklich, meine Möndin. Ich spiele keine Rolle, nimm keine Rücksichten auf mich, den Sonn. Das könnte ich mir nie verzeihen, daß dir unsere Ehe wegen mir vielleicht mißfiele. Aber wenn man mich eines Tages irgendwo finden sollte mit herausgerissenem Herz, dann, weil ich dich so liebe, meine Möndin, weil ich nichts dagegen machen kann. Ich liebe dich. Und weil es nichts Schöneres für mich gibt, als für dich zu sterben, denn eines sollst du wissen, meine Möndin, ich liebe dich unendlich und für immer. Wenn es soweit kommen sollte, sei versichert, dich trifft keine Schuld. Nein, niemals im Leben. Dein dich immer liebender, innig umarmender Sonn-Seth.«

Der situs inversus ist in der Medizin ein Sonderfall, alle Innereien sind spiegelverkehrt, das Herz liegt rechts, die Leber links, der Blinddarm auf der falschen Seite, alles andersrum. Den meisten Betroffenen fällt es selber gar nicht auf, so auch den Städten, wo es ebenfalls vorkommt. Wien zum Beispiel, Wien ist anders, und Wien wirbt damit, ohne es zu wissen. Wien ist anders, weil es auch so ein situs inversus ist. Innere Stadt und Transdanubia sind vertauscht. Umgekehrt müßte es sein, so wie Urfahr–Linz. Vielleicht deshalb diese Wiener Sehnsucht nach dem Drehen, dem Walzer, nach dem Spiegel?

Wien. Will eine Stadt verführen, darf sie nicht zu eitel sein, nicht zu bereit zur Hingabe, kein Zeichen einer Niederlage darf sie eingestehen, sonst wäre es vorbei. In Wien ist der Schwindel der Verführung noch perfekt. Ein Charme des Spröden, Unnahbaren, Falschen liegt hier in der Luft. Gründerzeit, 19. Jahrhundert überall. Walzersenf. Im Stadtwappen ein weißes Kreuz. Überall Verschlagenheit, situs inversus, alles ist nicht so gemeint.

Wien im Sommer. Die Stadt brannte in hellroten Flammen, Licht lutschte an den Häusern, zuzelte sie aus, eine sonst nicht zu findende Stille grundierte alles, floß wie die Donau durch die Stadt, schwer, träge und verkehrt. Ein gewisser Zwang der Umstände hatte geherrscht, es kreiselte in Pasqualinas Mitte, setzte Ringe an, Saturnalien, Tangenten, und es schien, als hielte sie, Quaqua, mit dem Telephon bloß ihr Gesicht zusammen, bevor es auseinanderfiel. Als wäre eine Schnur quer durch ihren Kopf gespannt. Als hinge ihr Gesicht gleich einem Wäschestück daran. Wilde Grimassen spielten sich darin ab, »Klappbauch, du widerliches Arschloch« wurde da geschrien.

– Womit habe ich das verdient, dich jeden Tag zu sehen? Jeden Tag dieses Gesicht?

Klappbauch. Ein krankes, verwüstetes Gesicht mit einem Nackenlappen zugedeckt. Bloß Augen schimmerten da hervor. Augen, in denen nichts mehr funkelte. Mit so einem, an einen alten Putzfetzen erinnernden, heraushängenden Klappbauchnacken war kein Ortsbildwettbewerb zu gewinnen. Da konnte man noch soviel renovieren und Blumenkistchen installieren. So ein rauchender, mürrisch ausschauender Klappbauchnacken verstand es, einen aus dem Gleichgewicht zu bringen. Schon schwankte man und fiel in eine tiefe, nach erbrochenen Meeresfrüchten riechende Klappbauchschlucht, schon spürte man in allen Poren Klappbauchmoder, Klappbauchgruft.

Klappbauch, ein Konkurs, der allen Pasqualinakopf ausräumte, alles pfändete. Möbelpacker zerteilten sie, die Tonymontana, und ließen nichts zurück als eine Leere, einen Druck, als stünde ein Unwetter bevor, die Geräusche des klappbauchischen Fernsehers, der Fußballjubel, Oskar-Schreie, Träume mit ihrem Vater, wie er einem kleinen Mann nachlief, ihn erreichte und zu etwas zwang, was Quaqua nicht erkennen konnte, etwas, wogegen dieser kleine Mann sich sträubte. Asche! Pasqualina spürte, daß Alfred Tonymontana, ihr großer, kräftiger Vater, ihm wehtat. Irgendwo hatte sich jeder einen Vorrat schlechtes

Gewissen aufgespart. Aber Pasqualina hörte, wie sie ihr geträumter, aus dem Bundesadler kommender Vater lobte. Die Dicken sind die diszipliniertesten Menschen, sagte er, die Kleinen sind verstockt wie unterdrückter Schluckauf. Den Kleinen fehlen der Zug und das Genie, sie strecken sich nur, niedergehalten werden sie. Und wie er das sagte, quälte er den Kleinen, ließ ihn schlimme Dinge tun. »Leck die Straße ab, du Sau, da, das Hundstrümmerl, das frißt du auf, und das ist noch zu gut für dich.« Die Dicke dachte, dieser kleine Mann sei Oskar. Oskar! Jede Sekunde dehnte sich. Oskar. Ein Alb. Sie konnte ihm nicht helfen, mußte, während ihr Vater ihren Sohn mißhandelte, Nudeln kochen. Spaghetti, die sie einzeln zwischen Buchseiten legen mußte, damit sie nicht verklebten, dazu Sugo libri, eingekochte Nazi-Bücher mit Prosciutto und Pecorino. Dabei war dieses gequälte Traummännlein nicht Oskar, sondern Klappbauch, aber davon später.

Diese Hitze. Pasqualina war am Platzen, dauernd wollte sie duschen, sich von etwas säubern, vielleicht von diesem Brief. Ein Brief der Republik Österreich, Magistrat Wien. Dringlich nicht angekreuzt, persönlich nicht angekreuzt, geheim nicht angekreuzt, zur Kenntnisnahme angekreuzt. Hiermit wird mitgeteilt, daß Pasqualina Tonymontana, geboren am 5. Juni 1965 in La Falda, Argentinien, rechtskräftig zu einer Verwaltungsstrafe in der Höhe von 60 000,– Österreichischen Schilling oder 24 Tagen Arrest verurteilt worden ist. Grund: Erregung öffentlichen Ärgernisses am Heldenplatz. Herumwerfen von Dreck. Hinweis: Jeder Einspruch bewirkt eine Verdoppelung der Strafe. Unterschrift: Rübezahl Scherübl. Das, soviel am Rande, war der Bruder vom Gießhübl-Scherübl, mehr nicht, sonst wäre bald das ganze Feld hier voller Rüben, Knollen und anderer Erdgewächse.

Scheiß Rüben, wurde der Beamte in Pasqualinas Phantasie verhachelt. Dreck? Die Asche ihres Vaters war doch kein Dreck. Pasqualina grollte. Diese Beamten, eine boshafte Bande, lauter Menschen wie Klappbauch waren das, alle mit einem erloschenen Geschlecht, mit Hängenacken, kleinen Schweinsäuglein, falsche Hunde allesamt. Wenn sie wenigstens die Macht besäße, diesen Nacken auszuwringen, ihm den Tod zu wünschen, einen Nekrolog. Aber nein, nicht einmal das. Klappbauch, der Mensch hatte sich festgekrallt in Pasqualinas Hirn.

Klappbauch, der Nacken

Hier ist es an der Zeit, einen Menschen aufzuknöpfen, langsam seine Geheimnisse zu entblößen, hineinzustechen in dieses Gewulst von Mensch. Niemand wußte, was er trieb und wovon er lebte, dieser spiegelverkehrte Mensch, dieser situs inversus. Daß er, Klappbauch, sich manchmal als Küchenhilfe im »Lachenden Mond« verdingte, war noch das Nebensächlichste. Klappbauch, klapp auf. Von ihm war nur bekannt, daß er im Aus-dem-Fenster-Schauen und im Fußball seinen Spiegel fand. Es schien, als sammelte er die Bedeutungslosigkeit, als wäre er bloß ein Überhang, ein über sich gebeugtes Anhängsel, ein Mensch gewordener Blinddarm, was Verkehrtes.

Dabei war auch der eingeschlafene Fuß einmal belebt gewesen, voller Jugend, Ideale, Widerstand. Sogar Klappbauch selbst erinnerte sich kaum noch, wie er bei der Résistance gewesen war. Wien, Seewalchen, Aurach am Hongar, wo ein Wehrmachtssoldat zwei junge Kollegen erschossen hatte, erschossen, weil sie eine rotweißrote Fahne bei sich hatten, für die Republik gewesen waren.

Ihr eigenes Grab, sie hatten sich ihr eigenes Grab schaufeln müssen, und Klappbauch hatte zugesehen. Zugesehen, wie sie gewinselt haben und sich in die Hose machten, aber genützt hat es ihnen nichts, ihr Herz war halt am rechten Fleck und kein situs inversus.

Der damals 14jährige Klappbauch war daraufhin nach Italien geflohen, hatte auf seiten der Alliierten kämpfen wollen. Die gewannen den Krieg aber auch ohne ihn. Acht Jahre später hatte ihn die reiche Sizilianerin Olivia Solafia zum Mann genommen. Auf dem Monte Pellegrino begann er sich für die Geheimnisse der Proportion zu interessieren, für die Mystik der Verhältnismäßigkeit, die Quersummen, den Magnetismus und die Kabbala. Vielleicht war es ja doch nicht so verkehrt, daß er verkehrt war. Klappbauch, Quersumme eins.

Seine Frau war just jene Hundezwinger-Olivia, Olivia, Quersumme drei, die noch Jahre später ihrem verflossenen Klappbauch nachflennte, einer verrückten Gloria, Quersumme acht, davon erzählte. Olivia, Nichte jenes Doktor Solafia, der 1920 mich, Rosalia Lombardo, Quersumme eins, »einbalsamiert« hatte, Olivia, die in ihrem Keller Aufzeichnungen und Präparate ihres Onkels verwahrte. Olivia, die sagte:

– Männer sind wie Vögel, bauen sich ein Nest, tragen Krimskrams zusammen – und fliegen aus. Erst gehen sie fremd, dann flattern sie davon, ihr Würmchen woanders reinzustecken.

In Wahrheit hatte sich Klappbauch Ende der sechziger Jahre in eine Urlauberin verliebt und beschlossen, den Reichtum der Olivia samt allen seinen Studien gegen die Österreicherin Elfriede einzutauschen, Elfriede, Quersumme eins, die mir später ihren Körper borgte.

Elfi Keckeis, Tochter des Hüttenwirtes von der Petrul, einem Bergkamm oberhalb Mürzzuschlag, sah aus, als ob sie sich wundere über diese Welt, die mit der ihren nichts gemein hatte. Von der Petrul aus schaute man links tief in die Steiermark, rechts, bei klarem Wetter, bis nach Wien. Ein gigantischer Rundumblick machte die Petrul zu einem Ausflugsziel. Alles da oben wirkte gedämpft wie hinter dickem grünen Glas, verzerrt. Das schlug sich auch aufs Denken. Das Hirn preßte sich zusammen wie bei einer Dauererektion, alles war physisch, hatte Schmerzen. Wir glauben an den einen Gott, den Vater, den Allmächtigen, der alles geschaffen hat, Himmel und Erde.

Mochte die Petrul auch mit Aussichten verwöhnen, mit Farbnuancen auf den Wiesen, Regenbögen, elastischem Licht, so war das Leben selbst doch karg, gestockt und ungastlich. Als läge man in der Badewanne bis zum Hals in Pudding, der nun stockte. Alles schwabbelte. Am Anfang war es süß, dann würgte es. Dazu noch diese fürchterliche Stille, keine Leute. Lamm Gottes, du nimmst hinweg die Sünden der Welt, erbarme dich unser. Es gab weit mehr Kühe als Menschen, und alle wußten, daß nicht selten ein Halter – so hießen hier die Hirten – an den dicken Wülsten eines Kuharsches stand und begann, das, womit das Leben ihn betrogen hatte, aus sich rauszuschrauben, sich auch ein bißchen zu belügen. Voller Betrug war diese Welt. Nehmt und esset alle davon, das ist mein Leib, der für euch hingegeben wird.

Für Halter waren Kühe Sexgöttinnen. Zartrosa volllippige Mäuler, große, rosa eingefaßte Augen, pralle Euter, Backen und Drüsen überall. Manchmal soll es auch vorgekommen sein, daß eine Kuh so einen Haltersproß gebar.

Der Volksmund nannte das dann Kutzerl, was sich aus dem kleinen Huster, dem Kutzer, und dem kleinen Kind, dem Butzerl, zusammensetzte. Nehmt und trinket alle daraus, das ist der Kelch des neuen und ewigen Bundes, mein Blut, das für euch und für alle vergossen wird zur Vergebung der Sünden. Tut dies zu meinem Gedächtnis.

Meist hatten diese Kutzerl Menschenköpfe, manchmal auch mit Hörnern oder Kuhschnauzen. Die Körper meist mit Fell, Paarhufer, manche auch mit einem Schwanz. Oder der Mensch ging bis zum Nabel, war darunter Kuh. Lamm Gottes, du nimmst hinweg die Sünden der Welt, erbarme dich unser. Oder alles durcheinander wie in einem Gröstl, ein Menschenarm, ein Bein, zwei Hufe von der Kuh, Haut und Fell. Oder völlig deformiert, ein Gatschgesicht. Alles soll schon vorgekommen sein. Totgeburten oft, doch lange nicht alle. Die lebenden Kutzerln wurden von den Bauern erschlagen. Lamm Gottes, du nimmst hinweg die Sünden der Welt, erbarme dich unser. Die Wahrheit war, daß sich alle freuten, wenn sie etwas Totes hatten. Glaubte man doch, daß diese teuflischen Wesen, diese Mißgeburten, Kraft, Potenz und einen langen Schwanz verliehen. Würste machte man daraus, fraß sie mit Kraut und Kohl. Lamm Gottes, du nimmst hinweg die Sünden der Welt, erbarme dich unser. Nur keinen Genierer.

So waren diese Bauern, abergläubisch bis zum Gehtnichtmehr. Überall stellten sie Marterln auf, schrieben C + M + B an ihre Tür, steckten sogenannte Palmbuschen in die Felder, ließen ihre Früchte segnen, tranken Urin, vergruben Haar, heidnische Bräuche noch und noch, dieser Natur zu trotzen, diesen Winden, die nur Wolken brachten, ungeheure Brocken ausgerissener weißer Atmosphären, die in Schlitzen nur ganz, ganz selten hellblau lackierte Himmelsflächen zeigten. Die Menschen wollten

Rosenkranz, Schnaps und Gebete. Lamm Gottes, du nimmst hinweg die Sünden der Welt, erbarme dich unser. Immer noch grüßten sie, die Österreicher, den Hitlergruß, hoben ihren Arm und sagten hei, verschluckten nur das l. Figuren hatten sie wie Erlenmeyer-Kolben, pyramidisch fast. Im Charakter aber kalt, kühl wie die Luft um vier Uhr morgens, wann sie aufstehen mußten. Täglich in noch finsterer Nacht. So etwas prägt.

In dieser von Komplexen, Aberglauben und Katholizismus durchsetzten Atmosphäre begegnete der jungen Elfi Keckeis ein Bravo-Heft. Begegnete? Sie stießen zusammen. Elfi war dem schutzlos ausgeliefert, schleuderte und überschlug, zog sich dabei nach Meinung ihres Vaters ein Schädeltrauma zu. »Komplett deppert.« Nur so konnte sich der Hüttenwirt erklären, daß sein Elfilein hinaus mußte, nicht bloß nach Mürz, nach Bruck an der Mur, nein, in die Welt, nach Graz, wenn nicht gar ins Universum, nach Italien, wo die Katzlmacher lebten. Katzlmacher! So nannte ihr Vater die Italiener und spuckte. Weil sie bei allen Kriegen die Partei gewechselt hatten, bei ihnen alles gut geendet hat, im Gegensatz zu Österreich, wo immer alles schlecht ausgegangen ist. Heute glaubt man eher, »Katzlmacher« kommt vom Kulinarischen, von einer Leidenschaft. Warum auch nicht? Katzen schmecken gar nicht übel. Nur der Fachmann kann sie von Kaninchen unterscheiden. Weil es die Geschmeidigkeit erhöht, ist Katzenfleisch bei Einbrechern beliebt. Und eben in Italien.

Italien. Die Sonne wußte schon, warum sie langsam aufging. Jeder Anfang war ein Wunder. Die Luft war dunstig, wie besoffen standen die Gebäude da, wackelten im Licht. Sienarot, sämtliche Erdfarben. Leben, Leben und wieder Leben hatte dieses Land wie einen Korallenstock geformt. Phantastisch. Italien. Elfi Keckeis hüpfte von Stadt zu Stadt. Völlig überwältigt, mit einem Echo im Körper wie nach einer durchzechten Nacht. Sie schmolz dahin. In Italien wurden die Kinder gefeiert und das Leben, nicht wie auf der Petrul die Kühe, die Kutzerl und der Wind. Die Leute hingen ihre Wäsche aus dem Fenster, Ziegeldächer, Palmen, Kaktusfrüchte, reife, auf den Bäumen platzende Feigen, Gehänge von Trauben, Tomaten, riesige Limonen, Orangen wie im Paradies.

Nur die postalischen Verhältnisse. Die Bürokratie. Das war die Hölle. Angeblich warf man ganze Postsäcke ins Meer. Bella Italia. Und alles war verdreckt. Weggeworfene Wasserflaschen überall, eingefallene Häuser und Betonskelette, zerrissene Jalousien, eingeschlagene Fenster, Abflußröhren an den Außenwänden, Drahtgeflechte, zugemauerte Balkone, Wassertürme, Berge wie Saurierrücken, Fernsehantennen, wilde Wiesen voller Plastiksackerl, und überall das Meer, Villen und Segelboote. Der Reichtum, für den die Mafia gearbeitet hatte. Friedhofsiedlungen. Eleganz und Plastikgartenmöbel, überall Müllhalden, Fliesenscherben, Schutt, Gestrüpp, Schilffelder, die Frauen in schwarzen Kleidern, Zypressenalleen, Marmorsteinbrüche mit großartig geäderten Flächen – wie aufgeschnittene Torten. Und die Katzlmacher selbst? Wie Insekten Fühler trugen sie alle Sonnenbrillen auf der Stirn, waren laut und schrien bella, bella, bella Italia.

Irgendwann aber war es vorbei mit angenehmem Dämmerlicht, irgendwann stand die Sonne im Zenit, leuchtete alles aus, warf scharfe Schatten. Irgendwann kam sogar Elfriede Keckeis darauf, daß die braunen, lauten Menschen nur an der Oberfläche glänzten, darunter waren sie angefüllt mit Angeberei, kindischer Eitelkeit und Renommiersucht. Gauner überall, Betrüger, Taschendiebe, teure Restaurants. Elfi ging das Geld aus, sie wollte resignieren, zurück nach Österreich. Doch da geschah es, ein Gewitter, sie traf ihn, Quersumme eins, situs inversus. Die Liebe, noch immer eine Schlucht, noch immer ohne Öffnung, Elfi entkam nicht. Der gleiche Zusammenstoß wie mit dem Bravo-Heft, keine Abwehrmechanismen, Blitz und Überschlag, Totalschaden, Schleudertrauma, Peitschenschlag. Elfi stammelte, wurde rot und fiel in einen schlimmen Zustand. Was für eine Überraschung, daß er gar kein Katzlmacher, sondern Österreicher war, aus Wien. Klappbauch war sein Name, einen festen Nacken hatte er, zum Anhalten.

Manchmal, ganz plötzlich, Stille. Dunkelheit und Atempause. Das Ende des Gewitters. Klappbauch war von der kecken alpinen Person derart fasziniert, daß sich Krusten in ihm lösten. Heiraten mußte er sie, zurück nach Österreich, trotz Pestforschung, Quersummen und Studien des Doktor Solafia, trotz Narrenturm und dieser Wien-und-Aurach-am-Hongar-Vergangenheit. Denn weshalb war er damals auf das Land gegangen, weg von Wien? Doch nur, weil ihm Wien als nicht mehr sicher schien, hatte ihn doch dort im Prater beim Lusthaus ein Nazibub gezwungen, mit der Zunge die Straße abzulecken. »Aus einer kleinen Muschel hat man dich gezogen, in einer großen sollst du nun dein Dasein lassen. Nein? Dann leck die Straße ab, du Judensau, da, das Hundstrümmerl, das frißt du auf, und das ist noch zu gut für dich«, hatte der Nazi gebrüllt. Nur wegen einer Kinokarte hatte er Klappbauch nicht erschossen. Weil Alfred Haase vulgo Tonymontana nicht den Film »Titan« verpassen wollte, ließ er ihn am Leben. Wären nicht Passanten, die Familie Scherübl nämlich, vorbeigekommen, hätte er ihn abgeknallt. Er hatte ja schon angesetzt, den Hahn gespannt, genoß das Winseln, diese

Herrschaft über Leben, Tod. Das war es, was Pasqualina immer wieder träumte, was sich alle Nächte als selbes Drama in ihr wiederholte, das Winseln, Flehen, Abzugspannen, wie ihr Vater den verhaßten Nachbarn fast erschossen hätte. Dunkelheit um Dunkelheit, ohne Lichtschimmer. Nur deshalb ist Klappbauch von Wien geflohen. Nur weil man ihn selbst beinah erschossen hätte, mußte er die Erschießung der zwei jungen Republikaner in Aurach am Hongar sehen, Italien, Olivia, den Monte Pellegrino, Elfi Keckeis. Aber Pasqualina?

Pasqualina? Die Dicke gegenüber? Die Tochter dieses Nazis vom Lusthaus? Klappbauch wußte nichts davon. Sein Schatten fiel grotesk über das Haus. Sein Nacken hing herunter, seinen verkehrten Organen ging es so wie immer. Das Persönliche war die Wunde jeder Theorie. Persönlich hatte er sich seinem Schicksal blind ergeben. Dabei glaubte er einmal an die Telepathie, war überzeugt, daß man mit Gedankenkraft Leute dazu bringen konnte, daß sie hersahen, sich kratzten, stolperten, was immer.

Man mußte sich nur stark genug auf etwas konzentrieren. Schon bewegte sich ein loses Blatt Papier, Schuhbänder gingen auf, beim Fußball schossen welche Tore, und Leute fingen an zu singen: »Klappbauch, klapp auf«, was immer. Mit Gedankenkraft war alles möglich.

Einen Verein zur Nutzung der Gedankenkraft wollte er gründen und ihn »Die Bredouille oder die Sieben-Tags-Adventisten« nennen. Quersumme neun, mit oder ohne Artikel. Als erste Attraktion schwebte ihm ein Flugzeugabsturz vor, Quersumme fünf. Wenn sich genügend Menschen konzentrierten, wäre es leicht, mit der bloßen Kraft der Gedanken ein Flugzeug vom Himmel zu holen. Es kam nur darauf an, daß nicht zu viele Menschen darin saßen, die dagegendachten. Auch mußte man die Geschwindigkeit beachten, die Zeit, die selbst die Gedanken brauchten, bis sie oben ankamen. Dann aber wäre es soweit, das Flugzeug stürzte ab, als klaffte eine Axt durch glattes Holz, wie letztes Jahr die beiden Boings.

Klappbauch war überzeugt, einen verbotenen Pfad der Wissenschaft entdeckt zu haben. Eine geheime Kommandosache des Universums – Klappbauch war ihm auf der Spur. Nicht ohne Risiko. Im Mittelalter hatte sich der Himmel an den Alchimisten mit der Pest gerächt. Ihm hatte er einen Blitz geschickt, einen Blitz, der von seinem massiven Nacken abgerollt und direkt in seine Frau gefahren war. Die aber hatte mit Blitzen schon Erfahrung. Der gleiche Zusammenprall wie mit dem Bravo-Heft und ihrem Mann. Elfi hatte überlebt. Doch wie. Diesmal war es ärger. Sie dämmerte nur noch dahin, ausgeleert ihr Körper, seelenlos. Weil das aber alles genau in dem Moment geschehen war, in dem sie tief beeindruckt aus den Kapuzinerkatakomben in Palermo geschritten war, hatte ich, die Seele der Rosalia Lombardo, in den Elfriedekörper hineinkriechen können. Was für eine Freude, hatte ich gedacht, doch nein, da war schon dieses Kind, Elvira, meine Verbesserung war marginal. Im Elfriede-Körper war es eng und feucht und, nachdem Elvira endlich draußen war, auch noch fad wie in einem Blitzableiter. Elfi stammelte die ganze Zeit ein Wort. Und keiner außer mir wußte, warum: Titan. Titan. Titan.

VI
Der Überfall

Ginge man in eine dunkle Kammer, wäre es schon dort; grübe man ein tiefes Loch, es wäre drinnen, selbst im Weltall, weit, weit draußen wäre es, das Leben. Das Leben ist eine Honigsemmel in der Früh, die Sonne und das Blumenausreißen, das Leben ist Sich-alles-Gönnen. Schweinskopf in Aspik und einen Seitensprung, Innviertler Most, japanisches Essen, einen Buddha stehlen. Die Dichte dieser Welt nimmt zu. Die Vielfalt ist bestürzend. Ein Einkaufsbummel ist die Welt, überall Hände, die nach einem greifen, bis man an der Kasse ist, es Abschied nehmen heißt, Wurm werden und Staub. Ade.

Verabschieden heißt, etwas überdehnen, bis es reißt. Für mich ist Abschied wie ein dunkles Haus, wo welche hocken, Staub fressen und dürsten. Abschied ist ein Stacheldraht mit Grenzhäuschen, Schäferhunden und Soldaten. Dasselbe bei Begrüßungen. Man wird geschnappt, aus seinem Fluß wird man gerissen, mit einem Kübel abgeschöpft und weggeleert. Und eines ist gewiß, man kommt nicht mehr ins Meer, es fehlt der Trost. Das Meer kann man vergessen. So oder ähnlich begann Manker seine Suada. Er klingelte wo an, und kaum wurde geöffnet, trat er einen Schritt zurück, zeigte seine leeren Hände, verneigte sich und begann die Leute gleich zu irritieren. Ans Herz griff er sich, stürzte auf die Knie, legte seine Handflächen auf den Boden, wälzte sich und sagte:

– Manche meinen, sie leben am sichersten in einem

Fluß. Andere sagen, sie halten sich auf einem Baum auf. Wieder andere denken, sie wohnen auf einem Berg, weil es dort sicher ist, es gibt auch welche, die bevorzugen Termitenhügel, Städte wie Neapel. Und alle glauben, daß ihnen nichts passieren kann. In Wahrheit sind sie nirgendwo gefeit. Ich zum Beispiel, sagte Manker, stelle mich am liebsten wo dazu, werde am liebsten gar nicht vorgestellt, bin einfach da. Aber.

Hier war der Moment, an dem man Manker als verrückt begriff und die Türe schließen wollte. Manker aber steckte lässig sein Aber-Hölzchen bei der Tür hinein und klopfte ihnen damit auf die Finger. Aberaber!

– Überall Gesindel, keine Sicherheit. Man muß Angst haben, überfallen und beraubt zu werden. Es passiert soviel, in seinem eigenen Haus ist man nicht mehr sicher. Banden und die Mafia. Aussatz überall. Perverse, Schwule, Pissetrinker. Sein Interesse an der nationalsozialistischen Literatur war Manker hier von Nutzen. Wörter wie Todesstrafe, Bazillen, Unkrautvertilgung, Abschaum oder Parasiten spielte er aus wie Trümpfe. Und sie stachen. Ja, nickten da die Menschen, ja genau, um sich doch gleich zu besinnen. Ja, und? Doch jetzt war es zu spät, jetzt hatten sie sich auf das Spiel schon eingelassen, und jetzt wurde ihnen auch der Joker präsentiert, lässig, siegessicher, holte Manker ihn heraus. Ein Messingtürspion. Damit konnte man den Klinglern in die Karten sehen. Nie wieder einfach aufmachen, nie wieder ausgeliefert sein. Das brauchte man. Ein Messingtürspion. Das hatte Stil.

– Und jetzt raten Sie, wieviel? Einen Tausender? Gehn S'. 500? Auch nicht. Sagenhafte 100 Schilling. Mit Montage. 100 Schilling. Das ist nichts. Kaufmännischer Selbstmord ist das, ein Hasardspiel, aber bitte. Wir leben im Faschismus, in einer Wirtschaftsdiktatur.

Und die Opfer? Die Menschen hinter ihren Türen? All diese Alten, diese Meerschweinchen des Pensionsalters, die bloß auf die Erlösung sparten, in Gleichgültigkeit dahindämmerten oder sich im Querulantentum verbohrten, ohne Arbeit, ohne Sex, nur verbittert, sparsam und naiv. 100 Schilling, fuhren die meisten auf aus ihrem Brüten, 100 Schilling hätte man. Vor Wollust flackerten die Augen, dieses obszöne Grinsen auf den Lippen. 100 Schilling! Das war fair. Da konnte nichts passieren. Ein Angebot. Ein 100-Schilling-Angebot. Und so stutzten sie auch nicht, als es hieß, Manker müsse schon kassieren, der Kollege komme gleich, er sei noch mit der Montage im Nachbarhaus beschäftigt, die Spione gingen schließlich weg wie warme Semmeln. Aber das Loch werde sofort gebohrt. Genau in Augenhöhe, mitten in der Eingangstür. Da wisse der Kollege dann auch gleich, wer bezahlt habe, setzte Manker seine Black & Decker an, schon quietschte es, ein hauchzartes Pfeifen, kühl wie ein geschälter Weidenzweig, Späne fielen auf den Boden, Hunderten, ja vielleicht Tausenden von Türen riß die Maschine für 100 Schilling Schrammen aus dem Furnier. Dahinter warten wohl bis heute Menschen auf den Kollegen. Manche kitteten das Loch zumindest später zu, besonders Findige hängten mit Klebestreifen ein Stück Pappe hin zum Hochklappen. Mit Bleistift schrieben sie darauf: Katastrophen bevorzugen die Armen!

Ein Verbrechen war ein pathetisches Ereignis, man hoffte, daß es die Welt auf frischer Tat ertappte und brüskierte. Doch dann trat ein, was Manker ahnen hätte müssen. Alles aus. Von einem Moment auf den andern, vorbei. Manker, der gut verdient hatte, wußte es. Der Türspiontrick war verbraucht, sogar in den Zeitungen wurde davor gewarnt. Gut, daß Zsmirgel sich entwickelte. Zumindest die Nekrologie blieb als Silberstreifen am Horizont, aber das dauerte. Inzwischen wollte Manker sich an die Ränder seines Wesens wagen, etwas Neues ausprobieren. Es blieb ihm nichts übrig. Mariella war kaum satt zu kriegen, so sehr beschwerte sie sich schon. Achtzehn Kilo zugelegt. Fettwülste am Hals und in den Kniekehlen. Schlafen mußte sie am Rücken. Oft stand sie einfach auf der Straße, starrte auf Plakate, leckte sich die Lippen. Dieser Vielfraß, immer Hunger. Wie eine Devotionalienwand in einer Kirche. Roter Samt voller Hände, Füße, Bäuche, Köpfe, Augen, Nasen und Gedärme, alles aus Blech. Aber dahinter? Nichts! Der traurigste Satz der Welt, die letzten sieben Worte Christi am Kreuz.

Manker kümmerte sich nicht um Mariella. Eventuell konnte er sie später einem Zuhälter andrehen? Einstweilen ertrug er ihre Gegenwart. Sie war der Pflock, woran das Seil gebunden war, an dem er lief. Und dieser Strick war lang. Sogar Fritzi und Lisi, die beiden blonden Boxbegabungen, die aussahen wie seine Billa-Frau, konnte er erwischen. Er hatte sie schon im Visier, nur fehlte Geld.

Im Sommer schwärmten die Motorräder und die Diebe aus. Ein Diebstahl war wie Zauberei, die hohe Kunst der Täuschung. Manker erzog sich, er nahm sich Lehrer für dies und das, übte vor dem Spiegel, mit der Videokamera. Er mußte sich nicht ändern, nur perfektionieren. An Wertkarten hatte er gedacht. Wertkarten, das waren die Zecken des Konsums, die saugten alles auf. Ein ganzes Vermögen war auf Telephonwertkarten, Streifenkarten, Kopierkarten, etc. gespeichert und verfiel. Einfach, weil man sie verlor, die Leute starben, das System sich änderte, man darauf vergaß. Davon sollte man doch profitieren. Aber wie?

Bei Zecken gab es zwei Lehrmeinungen, entweder gleich dreimal impfen oder erst auf einen Biß warten. Most oder Natursekt? Wenn man Firmen benachrichtigte, daß in ihrer Schokolade ein Zehennagel war, eine Gebißprothese in der Marmelade, eine tote Maus in den Cornflakes, ein Kondom im Brot, dann bekam man meist eine große Kiste zur Entschädigung. In vielen Hotels konnte man sich einschleichen und opulent frühstücken. Es gab Hunderte von Tricks. Nichts fürchteten die Menschen so wie Umzüge. Was läge also näher, als im Namen einer Hausverwaltung Kündigungen anzudrohen, um dann persönlich hinzugehen, die Mieter zu beruhigen, ihnen anzudeuten, daß man gegen eine kleine Provision vielleicht den Nachbarn raushauen könnte. Möglichkeiten gab es viele. Doch Wertkarten? Wertkarten? Früher handelte man mit Codes, doch das war nichts für ihn. Manker rang um Ideen, tüftelte, verwarf. Es war wie mit den Zecken, wenn man nicht den Kopf erwischte, hatte es gar keinen Sinn. Mit Öl einreiben? Eis auflegen? Spiritus? Aus der Fülle der Möglichkeiten löste schließlich die trivialste sich heraus und begann sich zu formieren. Eine ältere Dame am Bankomat! Mit der einen Hand wollte Manker sie umarmen, mit der anderen ihr eine Pinzette zeigen. Ihr ins Ohr flüstern: »Nimm mich in die Arme, schnell. Tu so, als würdest du mich küssen. Und dann das Geld. Alles Geld! Her damit. Sonst werde ich dich mit dieser Pinzette da – kastrieren. Und wink mir noch, sag hundertmal Alles wird gut. Alles wird gut.« So würde er es machen, genau so.

Man darf das Putzen nicht belächeln. Putzen hat Bedeutung. Jeder klare Gedanke wird dadurch erst ermöglicht. Putzen stärkt die Moral, Putzen ist staatstragend. Und eines Tages wird es soweit sein. Eines Tages kommt die große Säuberung, das große Schmirgeln. Putzkolonnen,

Schleifer und Polierer. Die Sonne wird schwarz werden, die Erde sinkt ins Ata-Meer, die Sterne werden weggewischt, eine Flamme lodert auf, alles wird jauchzen, aufheulen – und erschossen werden. Alles weggeputzt, alles, nur die Schmerzen nicht.

Es gibt Schmerzen, die man nur vom Darandenken hat, Schmerzen, deren Ursache man kennt und die man doch aus Angst vor noch ärgeren Schmerzen erträgt, aus Angst vorm Tod. Schmerzen, die sich nicht mehr wegputzen lassen. Schmerzen, die für immer bleiben. Und doch, man hofft. Man hofft ja bis zuletzt, legt den Finger in die Wunde, leckt daran und lacht und singt: O Schildkröte, o Schildkröte, zeige deinen Kopf. Wenn du ihn nicht zeigst, werfen wir dich in den Suppentopf. O Schildkröte, o Schildkröte, zeige deinen Kopf. Wenn du ihn nicht zeigst, begießen wir dich gleich mit Schnaps. Mit Putzmittel reiben wir dich ein, lösen dich auf, zünden dich an. Denn dafür gibt es Wunder. Zur Hoffnung sind sie da.

Zsmirgels Schmerzen waren wie Zahnschmerzen. Ein leichtes, kaum wahrnehmbares Ziehen, das beim leisesten Lüftchen seinen Nerv rausstreckte, aufblies, schrie. O Schildkröte, o Schildkröte, zeige deinen Kopf. Wenn du ihn nicht zeigst, verbrennen wir dich gleich. Wir bohren dir ein Loch, stecken einen Schweizerkracher rein, zünden ihn an. O Schildkröte.

Zwar warf dieser Schmerz Zsmirgel nicht aus seiner Bahn, doch war er immer da und sang: O Schildkröte, o Schildkröte, zeige deinen Kopf. Wenn du ihn nicht zeigst, fressen wir dich auf, wenn es sein muß roh.

In letzter Zeit war es, als wäre Zsmirgel in einen Luftzug geraten, dauernd blies es in ihn rein. Dauernd wurde geputzt, geschrien: O Schildkröte, o Schildkröte, zeige deinen Kopf. Das Beinhaus, Alec Guinness, Totenvögel, die Sache mit Conchita, Seth, der Häuslschmäh, Manker, die Baustelle, dann die Blamage am Gießhübl, Fritzi und Lisi, o Schildkröte, o Schildkröte, zeige deinen Kopf.

Heute aber mußte eine Plombe rausgefallen sein, heute stand der Schmerz selbst an der Tür und hatte große Bohrer mitgebracht, Hämmer, Zangen, den Ikea-Imbus. Der Schmerz ist immer gut gekleidet, der Schmerz bringt immer etwas mit. Dieser hier war schwarz, schwarz wie ein Teller voller Miesmuscheln, zwei hatten sich als Augen aufgetan, entblößten beiges Muschelfleisch. Der Mund war eine Schüssel Ketchup, mit Zähnen aus Pommes frites! Zsmirgel schlug ein Todeshauch entgegen. Mayonnaisetupfer, ingwergelbe Haare. Moses two aus Nigeria.

– Es ist Leidenschaft, ich versuche es nicht zu leugnen, was ich für dich empfinde. Und ich bin verrückt. Wie Moses one das Meer teilte, so kann auch ich, Moses two, dir dummen weißen Mann den Schädel spalten, wie eine Schildkröte aufknacken, wenn du nicht hilfst, dem nigerianischen Volk das Geld zurückzugeben, das durch Zufall dir Gesellschaft leistet. O Schildkröte, o Schildkröte, zeige deinen Kopf.

Der schwarze Mann beobachtete Zsmirgel geduldig, mit einem Gesicht, das sagte, versuch mal, mich zu kitzeln.

– Es ist für Moses two ein Leichtes, einen toten dummen Weißen zu entsorgen. Sagt man so? Einfach in ein frisches Grab werfen. Geheime Kommandosache, flüsterte der Neger mit Sirupstimme.

Zsmirgel zitterte. Seine Knie wurden weich, trocken sein Mund, und er brachte nichts heraus, bloß nicken, nicken, nicken. Die Wahrheit kam jetzt durch, sie konnte nicht mehr aufgehalten werden. Die Wahrheit vernichtete ihn jedesmal. Er war ein Schwächling, feige, die Lektionen hatten nichts genützt. Wie eh und je blieb er in sich selbst gefangen, wie jemand, der einen Zaun entlanggeht, Früchte auf der anderen Seite sieht, sie sich nicht stehlen traut.

Auf ein Sparbuch mußte er die 26 Millionen überweisen, als Losungswort Tizian, morgen beim Lusthaus damit warten. Moses two, er würde kommen – und nichts teilen. Scheiße!

Das war der eine Eiterherd im Kiefer Zsmirgels. Und wie er daran kaute, der Schatten dieses Schmerzes in ihm strahlte, immer wieder Eiter in den Mund spritzte, näherte sich schon ein anderer. Nächste Scheiße! Eine Süßigkeit, die auf der offenen Wunde brannte, Conchita! Schon stand sie mitten in seiner Verletzung, schlug vor, sich ein Video der Hochzeit anzusehen. Auch das noch.

Es brannte in Zsmirgels Kopf wie ungelöschter Kalk. Was freilich den Film anging, so war seine wackelige Frische Balsam auf das aufgeplatzte Fleisch. Conchita hatte sich an ihn geschmiegt und lachte, wie es Reis auf die Köpfe der Brautleute regnete. Man sah den Standesbeamten Erwin Weywoda, die mißmutige Laune inmitten der Brautvaterwarzen, den kittfarbenen Regenmantel, Manker. Etwas abseits Moses two. Wie war der dahin gekommen? Und dann noch diese Frau? Sah aus wie Elvira Klappbauch, aber viel älter. Und was hielt die in der Hand? Sah aus wie ein Ei. Schwindelgefühle bemächtigten sich Zsmirgels. Etwas war außerhalb von ihm, viel Geld, viel, viel Geld.

– Wer hat eigentlich gefilmt?

– Pasqualina.

– Ist mir gar nicht aufgefallen, kratzte er sich seine Unterlippe blutig. Zsmirgel schwamm woanders. Dort, wo Zierfische mit Seidenanzügen, Stecktüchern und goldenen Uhren flanierten, dort war auch er. 330 Millionen. Hatte er im Ernst geglaubt, daß man sie ihm lassen würde?

Er hatte. Hatte er gehofft, dieses Versehen bliebe unentdeckt? Er hatte. Ja, er hatte fest damit gerechnet. Wenn er ehrlich war, mußte er sich eingestehen, daß er die Dinge einfach auf sich zurollen hatte lassen, ohne sich nach Fluchtmöglichkeiten umzusehen. Mit Zeit hatte er gerechnet, nicht mit einem sofortigen Aufbrechen seines Panzers, nicht mit Moses two, der sang: O Schildkröte, o Schildkröte, zeige deinen Kopf. Wenn du ihn nicht zeigst, nehmen wir dich hops.

Im nachhinein kam sich Zsmirgel vor wie einer, der sich Superkleber in das Loch im Zahn tropft und hofft, daß das den freigelegten Nerv beruhigt. 330 Millionen? Zsmirgel war abgetaucht, die Ohren waren zu, er spürte einen leichten Druck und sah die Tiefe unter sich, die kleinen Fische rundherum, Farne, Wasserpflanzen, die Wellen über sich, die Schwerelosigkeit in seinem Körper, etwas Salz im Mund, das Blau. Es war wie Schlaf. Der Traum vom Geld, viel, viel Geld.

Erst als das Muschelchen beiläufig erwähnte, daß sie einen Abschiedsbrief von Seth gefunden hatte, wurde Zsmirgel rausgefischt. Seth? Auch das noch, hatte er Wasser in der Nase. Himmel! Er schrie es laut in sich hinein, Seth brachte sich um, Selbstmord wegen ihm, wegen der Badezimmerszene. Das war ja wie ein Nekrolog, einer mehr im Beinhaus, das hatte gerade noch gefehlt. Er schrie. Conchita hörte nichts. Und in ihm drinnen? Zsmirgel wartete, vergeblich, keine Resonanz. Nur Stille, leises Lachen irgendwo. Das mußten die Lektionen sein. Seine Ohren waren verschlagen, zu. Er hielt den Kopf schief, sprang und wartete, daß das Wasser endlich herausfloß, aber nichts. Er war wie taub.

– Gell, Zsmirgel, kam noch eine Harpune auf ihn zu, der ist zu feig, nur Angst einjagen will er mir. Warum?

Weil er beachtet werden will. Aber da hat er sich getäuscht, nicht daß er glaubt, er kann mich jetzt erpressen. Arschloch Seth! Erbarme dich unser.

Zsmirgel sah, wie die Harpune irgendwo im Sand landete, machte eine lange Pause, schnappte nach Luft, holte aus und sagte:

– Tja. Ich sehe dich mit den Augen, mit denen ich auch alles übrige gesehen habe, das Standesamt, das Badezimmer, Seth, seine Familie.

– Und? Stille benetzte den Raum, unbewußt blickte Zsmirgel zur Stelle, an der sein Elfenbeinbuddha gestanden war. Das sah Conchita und errötete. Erbarme dich unser.

– Magst du einen Eisbecher?

– Nein. Aber du kannst dir einen machen.

Conchita, die Süße, liebte Eis, hätte sich davon ernähren können. Und während sie eine veronesegrüne Kugel auf eine taubengraue Kugel auf eine biskuitgelbe Kugel auf eine kakaobraune Kugel auf eine scharlachrote Kugel und alle auf die Wunde häufte, die ihr Seth zugefügt hatte, fiel ihr die Verrückte ein. Die blöde Kuh mit ihrem idiotischen Schlapphut hatte mit der Fremdenpolizei gedroht. Ich zeig' dich an, hatte Gloria gebrüllt, wenn du dich weiter so aufführst, dich nicht um Seth kümmerst, das ist ein lieber Mann, einer, den du nicht verdienst. Sogar mir hat er ins Haar gegriffen, nichts gesagt, kein böses Wort, obwohl er von den Läusen wußte. Und von wem? Erbarme dich unser.

Darauf hatte Conchita Eiskugeln gestülpt, eiweißweiße, samtrote, beerenschwarze. Eiskugel auf Eiskugel, bis sie nichts mehr sah von Gloria und Seth. Zur Krönung streute sie Ovomaltine drüber. Einen riesigen Haufen käferbraunes Pulver. Von der Erde bist du gekommen, und zur Erde kehrst du zurück.

Zsmirgel starrte auf Conchitas Füße, an deren Rändern kleine Fältchen waren. Vom vielen Stehen drückte sich das Fleisch heraus, wurde bei der Fußsohle zum Wulst. In einigen Jahren wird es aussehen wie die Kruste einer Pizza. Erbarme dich unser. Conchita setzte sich, begann, ihr Eis zu löffeln und zu füßeln. Schon krochen zehn Zehen über Zsmirgel und landeten in seinem Schoß, den Bewohner rauszuläuten. Ein Herr Würmchen stand da an der Tür. Die Wäsche richtete sich auf, Conchita spürte es, sah auf das Farbspektrum, sah die Idee eines Huschens, einen Regenbogen, einen Hauch. Erst hatte sie es für eine bröckelnde Welle Vanilleeis gehalten, doch nein, da war was in Bewegung, ringelte sich, machte eine Drehung und versuchte gleich, sich zu verstecken. Ein Wurm? Mehr etwas Cremefarbenes. Eine Made!

Buhää, fuhren die Füße in die Höhe, erkaltete der Pizzateig, wollte die Süße aufspringen, iiih kreischen, den Eisbecher gegen die Wand schmeißen – in ihrer Phantasie hatte sie es auch getan, sah sie bunte Eisschlieren die schweinfurtgrüne Wand hinunterlaufen, auf Zsmirgel sich schmieren, ihn für diese ungeheure Sauerei zu strafen. Diesen Höhepunkt an Gammel. Wir übergeben den Leib der Erde. Im Bruchteil einer Sekunde drehte sich dann etwas in ihr. Zuerst der Magen, dann die Meinung, Blut kam wieder in die Füße, Schwarzweißes wurde bunt. Sie dachte, es sei kein Eis mehr da, an Argentinien dachte sie, die Slums, das Elend, Mar del Plata, an den ganzen Dreck, den man in Lebensmittel mischte, an Barmherzigkeit. Also klaubte sie das Würmchen raus, schnippte es in einen Blumenstock und löffelte den Becher fertig. Da freuten sich die Füße. Die Zunge aber sang: O Schildkröte, o Schildkröte, zeig mir deinen Kopf. Der Friede sei mit dir.

Der Abend war ausgebacken, und er schmeckte köstlich. Auch durch Quaquas Abend fraß sich eine Made. Eine mit Schlapphut, Regenmantel. Gloria!

Herkules hatte sie angerufen, morgen wollte er sie treffen. Herkules, das war so unvermittelt, daß sie es ein paarmal wiederholen mußte.

– Herkules, stammelte Gloria. Herkules, Herkules. Schon morgen. Treffen.

– Wer weiß, ob das kein Scherz ist, blieb Pasqualina skeptisch. Vielleicht steht er auf Frauen mit Fußkettchen? Und wenn? Wahrscheinlich will er dich nur ficken.

– Ein Scherz? Morgen mittag will er mich im Prater treffen. Und auch wenn er nur ficken will –.

– Da wird Conchita schauen.

– Die? Wieso? Die ist ohne Charakter, ohne Konto. Was mit Seth passiert, ist ihr egal.

– Judith und Holofernes! Gestohlen! sagte Pasqualina, die Dicke, die vorsichtig geworden war. Zu oft hatte sie erlebt, daß die Süße und die Verrückte in einem Streit ausflockten wie Zitronensaft und Milch, um am nächsten Tag in einem Kuchen ausgebacken und versöhnt zu sein.

– Ihre Verlogenheit! Conchita hat ja eine Schleife auf der Zunge. Sie kann nicht zufrieden sein, macht alles kaputt, dauernd diese Konkurrenz.

– Sie will dem Manker imponieren. Der läßt sie abblitzen. Sie macht auch nichts aus sich. Sie läßt sich depilieren, aber lernt sie Deutsch?

– Liest sie Joseph Roth? Machtspielchen. Noch in der Hochzeitsnacht mit Zsmirgel, die geniert sich nicht. Sie will was Besseres sein.

– Sie wiederholt ihr Muster. Ihre Mutter war genauso. Statt daß sie ausbricht, sich vom Lebensmodell trennt, macht sie alles nach.

– Ein Weibchen, wertet sich auf durch einen Schwanz. Und ich habe 200 Schilling für ein Hochzeitsgeschenk zum Fenster rausgeschmissen.

– Aber, geriet Quaqua in Hitze und zerlief wie ein Stück Butter, ich verstehe sie, ihre sexuelle Energie. Mit der Heirat hat sie Stabilität erreicht, jetzt denkt sie an einen Flirt. Seth begehrt sie auch nicht richtig. Ihr geht es ums Verführen, um die Eroberung. Sie braucht Zuwendung, ein Tier. Und dann kommt die Phantasie, wie man küssen soll, der Flirt. Der Flirt ist ihre Kunst. Sonst ist sie faul wie Mariella. Faulheit ist die Voraussetzung für Phantasie, man hat Muße und gerät ins Land der Lotophagen, ins Odysseusland, wo alles pickig-süß ist, klebrig-schön. Alles riecht nach Camembert, nach Schweiß und Zwiebeldunst, Kaffee, nach sieben letzten Christi-Worten, Herr, erbarme dich unser.

– Na, unterbrach die Verrückte, sprichst du da nicht über dich? Gloria dachte an Frau Wurzel und Orkan Görkhan, an das Halten einer Million, an Herkules.

– Ich? Ich möchte auch Karriere machen und Bewunderung. Ich liebe Oskar, aber diese Zerreißprobe ist bestialisch. Quaqua rollte mit den Augen. Was heißt Ehrgeiz? Was heißt Karriere mit einem Kind? Wenn man aufgeräumt hat und zum Denken kommt, muß man das Kind füttern. Dabei bin ich froh, ich habe auf dem Fruchtbarkeitsmarkt schon meine Stelle. Aber wenn man mehr sein will als Mutter, wenn man Erfolg will, beginnt schon der Konflikt. Die Arbeit der Mutter gilt in der Gesellschaft nichts. Man macht nur ein bißchen Kind und nur ein bißchen Karriere, herauskommen tut nichts. Wie hat mir der Bush geschrieben?

– Was? Dir hat der Bush geschrieben, George Bush, der Präsident? Der mit den Teddybäraugen?

– Nein, ich, entschuldige, ich habe dem Bush geschrieben. Aber was?

– Ich, kreischte Gloria, hasse den Bush mit seinen ausdruckslosen Augen, der schaut aus wie mein Frauenarzt. Den hasse ich auch. Scheiße! Der fragt, wie man verhütet, und dann muß man sich auf diesen Stuhl setzen, er zieht sich einen dünnen Plastikhandschuh an und grinst. Es ist entwürdigend.

– Bei der Schwangerschaft werden dir die Gedärme bis zur Zunge raufgedrückt, und dann erst die Geburt, die Schmerzen, ein wahnsinniges Drücken und Pressen. Am Anfang hat es mir gefallen, aber dann: Ich hatte Angst zu sterben. Man ist ganz allein mit sich und der Natur, nichts, das einem hilft, nur Angst. Angst, wie man sie bei einer Prüfung hat, Angst, nicht zu bestehen. Angst vorm Tod.

Als hätte er gespürt, wie man von ihm sprach, begann Prinz Burschi, wie Quaqua ihren Oskar nannte, zu greinen, einen sanften, wehklagenden Ton, alle Traurigkeit von dieser Welt. Doch davon unberührt schwamm Pasqualina schon in ihrem Saft.

– Wenn es regnet und man die Autos hört, wie sie durchs Wasser fahren, bekommt man das Ehefrauensyndrom, will man Sex, den Luxus, das Licht hinauszusperren – mitten am Nachmittag. Ehefrauen sind die ersten beim Seitensprung, weil sie Anerkennung suchen. Waschen, Windeln, Kochen gelten nichts. Man wird an die Essenszeit eines Kindes angepaßt, an die Scheißzeit eines Kindes wird man angepaßt, an seine Schlafenszeit. Übrigens, kannst du dir vorstellen, weshalb Manker und Zsmirgel eine Baustelle imitieren?

– Baustelle? Ich dachte, als Totengräber gehen sie.

– Ich habe es selbst gesehen.

Da schrie Prinz Burschi, daß es einem durch Mark und Bein ging. Aber bevor sie ihn wieder in den Schlaf sang, sagte Pasqualina noch, daß es ums Verführen geht, um die Macht, um den Applaus.

– Spannenlanger Hansel, nudeldicke Dirn, komm mit in den Garten, schütteln mir die Birn, schütteln mir die Feigen, schütteln mir die Pflaum, schütteln, bis wir schlafen gehen unterm Apfelbaum.

Gloria träumte von Herkules, blätterte die Zeitung durch, suchte den Wirtschaftsteil, fand Herkules, fuhr auf, doch nein, es war nur Huygens auf Titan. Sie las:

»Die Landung der europäischen Raumsonde Huygens auf dem Saturnmond Titan ist von der Nasa um drei Monate auf den Februar 2005 verschoben worden. Damit will man sicherstellen, daß ihre Meßdaten die Erde erreichen. Huygens befindet sich seit September 1997 zusammen mit der Muttersonde Cassini auf dem Flug zum Saturn. Bei einem Funktest im vergangenen Jahr stellte die europäische Raumfahrtbehörde Esa einen Defekt im Datenübertragungssystem fest. Huygens soll seine Signale während des Abstiegs auf den Titan zunächst zu Cassini senden, und erst von dort werden sie mit einer größeren Antenne zur Erde übertragen …« Das sagte Gloria zwar nichts, und doch, sie hatte das Gefühl, als sei ihr das alles bekannt, als sei das ein Teil von ihr, Huygens auf Titan.

VII
Purim

Morgenschweiß, verdickte und belegte Stimmen, kalter Rauch und ein Gedränge, als würde jemand hingerichtet. Gelächter, Gejohle, blutschwangeres Geschrei. Was für eine Hetze. Der Weg zum Richtplatz war eine unwegsame Küchenwildnis, zersprengt von Köchen und Kellnern, geleimt von der scheinbaren Unkenntnis Herrn Klappbauchs, der im »Lachenden Mond« die anderen blockierte, mit dem Finger die Lebensmittel zählte, achtgab auf die Proportion, Quersummen errechnete, Statuten für die Sieben-Tags-Adventisten formulierte. Für blöde hielt man ihn, für am falschen Ort, dabei, er war schon richtig, situs inversus, er war der Henker, auch wenn er flüsterte: gekühlter Paprika in der Blechlade, geschnittene Zucchini darunter, darüber Auberginen, Salat. In den Plastikeimern Brotaufstriche, Suppenfonds, Monte Pellegrino, ein kleiner Kübel, Dünnpfiffspritzer süßer Senf, Aurach am Hongar, Fleisch in den verchromten Laden, und in der Mitte, unter einem Abzugdach, der Herd. Beim Lusthaus ein Nazi. Ein großes Becken mit Wasser, Kalkplättchen, eine dünne Haut. Olivia. Auf einem großen Blech darüber Zwiebeln, vorgeröstet, Teller, Töpfe, Passiersiebe, kaltes Öl, Fischsud, mit Folie zugedeckte Plastiktöpfe voller Soßen, Krautschnitzel, Gewürze, Eierschalen, Elfi. Töpfe mit Salz, Mayonnaise, das gestohlene Bild der Artemisia Gentileschi an der Wand, darunter eine Wurstschneidemaschine, Essigflaschen, eine Tiefkühltruhe voll grobkörniger, farbloser Stücke, gepreßte Hühnerkeulen, Unterhosen, Eistiegel mit Tau beschlagen, vereiste kleine Finger, zukünftige Pommes. Der Narrenturm. Pfeffermühlen, Käsereiben, Brotkörbe, die Kraft der Gedanken, Berge mit schmutzigem Geschirr, das darauf wartet, gewaschen zu werden. Scheiße!

Der Gast ist Schöpfer und Zerstörer, Sonne und Finsternis. Und Opfer. Während der Henker Klappbauch noch das seiner Meinung nach Verkehrte machte, nämlich den Boden kehrte, Edelstahl polierte und die Anrichte wischte, kamen immer neue Bestellungen, Zettel um Zettel um Zettel, und alle wurden von den Kellnern auf ein Nagelbrett gesteckt, Zettel um Zettel um Zettel. Ständig patzten die Köche neue Pfannen an, ständig wurde was zu Dreck verurteilt, was der Henker Klappbauch später exekutieren mußte. Klappbauchs Richtbeil, sein Galgen und sein Scheiterhaufen hieß Sulfamat. Sulfamat, das er je nach Delinquenten in einer anderen Konzentration verwenden mußte. 50 : 1 für Glas, 500 : 1 für die Haut, 25 : 1 fürs Chrom der Anrichte, 200 : 1 für Teller. Für die Gäste war ein kleiner Spritzer schon genug. Ein kleiner Spritzer Sulfamat auf ein Menü, und der glückliche Gast, von dem Klappbauch nie wußte, wer er war, kam nie mehr wieder, blieb für immer aus.

Heute hieß das Opfer Zsmirgel, der wollte sich endlich etwas gönnen. Kessel dampfender Meeresfrüchte, lachsroter Hummer, rosafarbene Langusten, Körbe mit Austern, in Seemoos gehüllt, auf Schichten zerstoßenen Eises, waren ihm gerade recht. Schon mittags lud er seine Muschel zum Essen ein, saß mit ihr inmitten polierter Gläser, Kerzen, Servietten und allerlei Getier. Er sah der Süßen in den Mund, vorbei an ihren weißen Zahnblöcken, unter ihrem Gaumensegel die Rutsche Speiseröhre hinab, durch den hellen, schleimigen Magensack, hinein in die Röhren des Zwölffingerdarms, ins restliche Geschlinge, immer weiter rein, bis er im Ausgang steckte, geile Braut. Hübscher Arsch! Sollte es sein letzter sein?

Was sie von ihm wollte, ging wie ein Lüftchen durch ihn durch, einen Nekrolog! Wie kam sie denn darauf? Nicht für sich, für Pasqualina. Einen Nekrolog auf einen Nachbarn, aber das kam gar nicht in Frage. Zsmirgel schämte sich des Genusses, den er empfand, wenn er Dinge einfach abschmetterte. Nicht einmal wissen wollte er, wer dieser Nachbar war, wie er hieß. Klappbauch? Klappbauch wie Elvira? Schon ertappte er sich, wie er den Namen buchstabierte, er so etwas wie den Entwurf eines Nekrologs formulierte. Klappbauch. Nein! Auf andere Gedanken mußte er sich bringen, griff nach dem Sparbuch, 26 Millionen, dachte an Moses two und an das Losungswort: Tizian.

Hätte er gewußt, wie nahe ihm dieser Klappbauch war, was er mit dem Sulfamat anstellte, Zsmirgel wäre erschrocken. So aber schaufelte er Meeresfrüchte in sich rein, kaute Unmengen weißes Brot, spülte alles aus mit weißem, trockenen Wein und war begeistert. Das war Leben. Das war Feiern.

Schon wenig später spürte er etwas in sich gehen. Seine Magenschleimhäute verfärbten sich, Sulfamat. Es kämpfte der Zwölffingerdarm, Sulfamat. Alles in ihm gluckste, brodelte, Sulfamat. Er aber dachte, das sei sicher die Nervosität vor diesem Neger. K-l-a-p-p-b-a-u-c-h buchstabierte Zsmirgel, wir haben ihn geliebt. Der Magen wurde ihm geknetet, der Schmerz zog ihn in die Tiefe. Sulfamat. Scheiß Nervosität. Am Nekrolog hielt er sich an: Obwohl dem Herrn wir danken müssen, daß lange er uns den

Klappbauch gab, zu früh noch ward er uns entrissen, zu bald schon stehen wir an seinem Grab. K-l-a-p-p-b-a-u-c-h.

Der Meister des Sulfamats freilich spürte davon nichts. War es die Gedankenkraft, das Schild der Sieben-Tags-Adventisten? Oder lag es am situs inversus, am Verkehrten, daß der Nekrolog nicht wirkte? Klappbauch stand fest im Hafen seines Küchendrecks, rechnete an Quersummen, dachte an ein Fußballspiel. Wie in Palermo einst der Blitz prallte auch alle Energie des Nekrologs von diesem Nacken ab und schoß abermals in Richtung seiner Frau, die kannte sich mit Blitzen ja schon aus.

Elfriede Keckeis-Klappbauch war gerade dabei gewesen, Einkäufe zu erledigen, als sie etwas auf den Boden zog, doch sie fiel nicht. Es war, als wäre sie ein Kegel in einem Jahrmarktspiel, als ginge ein Seil durch ihre Füße, zöge man daran, so daß sie stehen mußte, sich nicht rühren konnte, fest und starr. Ihre Augen waren wie eingefroren, und der Mund sagte ein Wort, mehr nicht: Titan.

Titan, das Wurstschüsselchen Abrahams

Der größte Saturnmond, der einzige Himmelskörper mit einer erdähnlichen Atmosphäre, der einzige, auf dem Leben möglich ist, Titan, wohin die Seelen aller Toten wandern, wo sich salzwasserfleckig alles Leben komprimiert. Titan, wo alles ausgerechnet wird. Die Summe aller Quersummen. Titan, von Titan träumte ich, Rosalia, noch immer in Frau Keckeis-Klappbauch festgehalten. Und wo? In ihrer Wohnung gegenüber Pasqualina? Nein! Vor einem Bankomat! Ausgerechnet vor jener Bank, in der Orkan Görkhan und Frau Wurzel arbeiteten, aus der eben Wie-ist-mein-Kontostand-Gloria gekommen war, um in Richtung Prater und Herkules zu gehen. Ausgerechnet vor jenem Bankomat, den Manker auserkoren hatte für seine Wertkartentransaktion, seinen Zeckenbefall. Ausgerechnet jetzt. Manker sprang hinzu, bohrte Elfriede Keckeis-Klappbauch die Pinzette in die Nase und sagte »alles abheben, sofort«. Doch genau in dem Moment hatte Zsmirgel, Zsmirgel mit der vom Sulfamat angegriffenen Magenschleimhaut, seinen Nekrolog fertigformuliert, zuckte es in einem Nacken kurz, erblaßte Elfriede, kippte um und – . Ja, sie starb und gab mich frei, frei für Titan. Ein ganzes Jahrhundert Lombardo trat nun aus, eine ganze Kapuzinerkatakombe, der Tratsch von 8000 Leichen. Nun war es passiert, zu Ende, aus.

Uaah! Ein lauter, ungeheurer Schrei hing noch in der Luft. Als wäre der Antichrist gekommen, als hätte sie alle Höllen dieser Welt geschaut, hatte die Klappbauch diesen Schrei noch losgelassen, bevor sie hinsank, einbrach in sich selbst. Uaah!

Es wird keiner kommen, nie kommt einer wieder, verfault sind sie. Tot. Die Alte tot? Mit einer Pinzette umgebracht? Vor Schreck? Scheiße! Warum? Egal. Jetzt half nur eins, die Flucht. Und Manker lief.

– Haltet ihn, den Mörder, schrie man ihm nach, er aber lief und lief, drängte Menschen weg, sprang über Straßen, Verkehrsinseln, rangelte sich durch Menschen, lief und lief, schlängelte sich durch Autos, Skateboard-, Fahrradfahrer, keuchte, erwischte endlich eine Seitengasse, lief sie entlang, und lief und lief und fand ein Taxi, endlich, sprang hinein. Der Fahrer grunzte. Helmuth Hastenteufel hatte den Überfall gesehen, den Keckeis-Klappbauch-Tod. Er grunzte. Im Auto war ein Knopf, der den anderen Taxifahrern Alarm signalisierte, hier stimmt was nicht.

Und wie Hastenteufel diesen Knopf drückte, dessen Funktion Manker kannte, sahen beide im glasig tiefen, mit Grautönen übergossenen Licht Pasqualina vorbeirennen. Die auch? Wieso denn die?

Urin. Er hat keine leibliche Gestalt und keinen Leib. Es gibt kein Bild von ihm. Urin! Er ist, und keine Zeit bestimmt das Sein in ihm. Urin. Quaqua hatte ihre Blase damit voll, kämpfte sich durch einen Menschenknäuel, stieß mit einem Neger zusammen, spürte das Ziehen in ihrem Bauch, sah einen Revolver, Urin, sie hatte den Eindruck, daß sie platzte, fluchte auf die Händchenhalter, auf die Gehbehinderten, egal, Quaqua war auf eines nur fixiert, auf das öffentliche Klo, Rathausplatz, Parlament, rannte Menschen um, den unwahrscheinlichsten Schmerz im Bauch, der sich ausdehnte, sie alles andere vergessen ließ, der Rest von Pasqualina war schon taub, sogar der Kopf, nur Klo darin, die Beine, die nur rannten, Leute zur Seite drängten, Kinderwägen, zum Glück war Oskar nicht dabei, sogar den vergaß sie schon, nur noch Blase, drücken, laufen, Urin, der Anfang aller Dinge und dabei selber ohne Anfang, endlich das grüne Schmiedeeisengitter, die Treppen, ein Piktogramm für Frau, vorbei an einem Drogensüchtigen, vorbei an leeren Bierdosen, stand sie endlich an der Tür, sah das eigentümliche Meßgerät von Mankers und Zsmirgels Baustellenepisode, die Absperrungsimitate, die Arbeitskleidung, Schuhe – das Klo aber, die Tür, sie drückte die Klinke und stemmte sich dagegen, nützte nichts, zu, das Paradies, es blieb verschlossen. Entsetzlich. Einzig ist er und keine Einheit wie die seine, unerforschlich, unbegriffen, ohne Einheit. Scheiße! Abgesperrt!

Quaqua fluchte, die Augen drehten sich ihr raus, das war das Ende, platzen würde sie. Er ist der Herr der Welt. Da fiel ihr der »Lachende Mond« ein, gleich ums Eck.

Wieder rannte sie, wieder vorbei an den Bierdosen, dem Drogensüchtigen, die Stiegen rauf, durch alle Menschen, stieß beinahe einen Kinderwagen um, hörte die Mutter fluchen, egal, schnell über eine Straße, ausgerechnet jetzt sprang die Ampel auf Rot, egal, in ihrem Zustand war ihr alles wurst, Schweißperlen auf der Stirn, Schweiß in den Handflächen, die Augäpfel drehten sich in sie hinein, dazu der Schmerz, als würde sie zerrissen, eine Vierteilung mußte so sein, da, endlich, endlich lachte der Mond, dieses lächerliche Schild, für sie hieß es Verheißung, nein, kein Ruhetag. Er sendet, wenn die Zeit zu Ende geht, die Erlösung denen, die da hoffen auf das Eden und das Heil. Quaqua japste hinein, roch das Parfüm von Conchita, egal, bog in Richtung Klo, und rums, wurde ihr schwarz, rums, spürte sie Erlösung und Erbarmen. Endlich.

Etwas Dumpfes hüllte sie ein, sie saß in etwas Warmem, im Dunklen eines Schmerzes. Als sie die Augen wieder öffnete, sah sie Verwunderung aus einem Wulst hervorstarren, ein ihr bekannter Kopf, der auf ihr lag und etwas blutete. Als er sie sah, schrak er zurück, zuckte auf, daß die warme Lache, in der auch er gesessen war, ein wenig spritzte.

– Die Dicke, stammelte er nur, die Dicke, die Telephoniererin, die mir die Flasche vor die Tür gestellt hat. Und das Nasse, das Nasse, folgerte Klappbauch, das war ihr Urin. Sie hat mich angepißt, die Sau, die fette, Quersumme acht. Die Toten belebte er in seiner Gnadenfülle, gepriesen sei sein Name und seine Herrlichkeit, in Ewigkeit. Urin. Nein danke.

Fritzi und Lisi stellten eine Wasserflasche mit aufgemaltem Kreuz und Namen vor eine Tür, dann läuteten sie an und sagten dem herauskommenden Alten, bitte, das sei von der Mafia. Eine Drohung! Ganz bestimmt! Von der Mafia? Der Alte war verängstigt. Aber warum?

– Keine Ahnung. Fritzi und Lisi machten sich davon, sie kicherten.

– Von der Mafia? Aber warum?

– Ach was, beruhigte Gloria, die zufällig dabeistand: Die verarschen Sie doch nur. Der Alte aber schlug das Kreuz und fing gleich an zu beten: Gelobt bist du, Gott unser Herr, Herrin der Welt, der uns geheiligt hat durch seine Gebote –. Erst der angebliche Türspion, jetzt die Mafia. Eine Gemeinheit. Die Tür fiel wieder zu.

Das Knurren der Flugzeuge lag in der Luft, wurmbrandiger Herbst und Zeit, viel Zeit, viel zuviel Zeit. Warten, das einem im Schädel bohrte, große Augenhöhlen im zerfallenen Bittstellergewand »Seguono l'Agnello dovunque vada, sono vergini«, vier Jungfrauenskelette darunter, weißgekleidet, Palmblätter in den skelettierten Händen. Conchita, Quaqua, Mariella und Gloria?

Beim Warten kommt einem der Ort wie eine Falle vor, die Kapuzinerkatakombe, der Eingang ins Sexmuseum, die mumifizierten Skelette in den seidenen, von Motten zerfressenen Kostümen, die Schausteller und Touristen, ausgefressen, eloquent. Ob Herkules noch kommen wird? Der Prater war zu groß. Vielleicht war er schon hier?

– Entschuldigung, löcherte Gloria den Portier beim Sexmuseum, haben Sie Herkules gesehen? Herkules, der eine Stiftung für Waisenkinder hat. Herkules! Aber der Portier, Valentin Scherübl, Scherübl der dritte, ein dumpfer, auf sich selbst versessener Mensch, der noch bei seinen Eltern lebte, aber im Hobbykeller wöchentlich einen stehen hatte, den er als Striptease im Internet plazierte, dieser Valentin Scherübl wußte nichts von Herkules. Oder wollte er nichts wissen? Gelobt seist du, Gott unser

Herr, der Wunder hat getan in jenen Tagen und in jener Zeit.

Warten, das ist sich alles aus der Schädeldecke schälen. Warten, das ist alles spüren, die Knochen sogar, das Blut, das man in sich trägt, wie schwer es ist. Das Gewicht der Haare ist ja schon zuviel. Warten ist eine Beleidigung. Und Gloria taumelte zwischen Vorfreude und Wut.

– Durchsichtig will ich werden wie ein Transparentpapier. Schon eine halbe Stunde wartete sie jetzt, ging hin und her zwischen dem Sexmuseum und der Geisterbahn, zwischen Achterbahn und Praterhauptallee, immer weiter wagte sie sich vor, bis sie sogar das Lusthaus sehen konnte. Dort, ganz in der Nähe, Seth, kurz davor, sich umzubringen. Seine Eltern waren nicht, wie er sich gewünscht hatte, mit dem Flugzeug abgestürzt, nein, sie waren in Chile und verbreiteten die Schmach, erzählten jedem, daß Seths Frau ein Flittchen war. Und was das Schlimmste war, sie hatten recht. Gelobt seist du, Gott unser Herr, Herrin der Welt, der uns am Leben hat erhalten, daß wir erreicht und erlebt haben diese Zeit.

Ertrinken, hatte Seth gehört, sei ein angenehmer Tod. Auszuzeln total. Waren die Lungen angefüllt, sollte es warm sein, angenehm und gut. Erfrieren sei schön, aber im Sommer? Aufhängen, Erschießen, Gift waren nichts für ihn, verbluten wollte er, herauslaufen aus sich. Und wie er unter einem Schnellbahnbogen langsam mit einem Messer an seinem Handgelenk ritzte, er sich erste kleine Wunden ins Fleisch schnitzte, sah ihn Gloria, freilich erkannte sie ihn nicht, nicht was er tat, sie pendelte noch immer irgendwo zwischen dem Lusthaus, in dem Herkules längst saß, und dem Sexmuseum.

Nein, Herkules stand nicht auf Frauen mit Fußkettchen, sondern auf geröstete Knödel mit Salat. Er hatte sich im Kopf ein Segel mit Gloria gespannt, sah sie auf ihn zutreiben, sich auf ihn setzen, küssen, reiten, sah den Frauenkopf mit diesen vielen Haaren, sah sie kleine Stöße machen, bis sie schmolz wie Wachs am Docht, er ihren Kopf am Haar packte und in seinen Schoß drückte, ihn schüttelte und über sich flanieren ließ, bis er sich ausdrückte wie eine alte Zahnpastatube und ihr kleine weiße Tröpfchen in das Haar spuckte. Das war's. Sofern sie kam. Wartete sie anderswo? Daß er mit dem Prater das Lusthaus meinte, war doch klar. Ihr etwa nicht?

Gelobt seist du, Gott unser Herr, Herrin der Welt, allmächtiger Gott, der du streitest unseren Streit und richtest für uns, kämpfst für uns, vergiltst unseren Feinden und zahlst unseren Drängern, was sie an uns verschuldet. Gelobt seist du, Gott, du Herr. Manker sah, wie sich die Taxis verdichteten, er merkte, wie sie anhielten, weil ihn Hastenteufel in eine Wagenburg gesteuert hatte, er erschrak, wie die Türen aufgerissen wurden, unzählige Taxler nach ihm griffen, Schwein brüllten, Verbrecher. Manker aber war wie gelähmt, spürte, wie er willenlos wurde, ihm Fäuste Schläge versetzten, daß ihm die Luft wegblieb, er sagen wollte, daß er nichts getan hatte, nicht, was sie glaubten, doch Hastenteufel schrie nur wie verrückt:

– Der, der hat eine Frau erschossen, kaltblütig. Das Schwein! Und was geben ihm die Richter? Zwei, vier Jahre.

Die Menge wurde dichter, immer mehr Taxler drängten auf ihn zu, stürzten sich auf ihn, Fausthiebe, als würde es tote Vögel regnen. Den Kopf voran zog man ihn heraus – wie Judith Holofernes. Aus einer kleinen Muschel hat man dich gezogen, Leben dir geschenkt, in einer großen sollst du es nun lassen.

Trotz des Lärms schien Manker alles still, als sängen keine Vögel, spielten keine Kinder, führen keine Autos, liefen keine Jogger mehr. Alles lautlos irgendwie, sein ganzes Leben, alle seine Versuche, aus sich etwas zu machen, all sein Ringen um Liebe, Anerkennung, Geld. Vorbei. Vorbei die Gaunereien, seine Zukunft, all sein Streben. Vorbei. Aus einer Arbeiterfamilie war er gekommen, und Arbeiter prügelten nun auf ihn ein. Es war immer das Eigene, das einen vernichtete.

Manker war einer von ihnen, auch wenn er das nie zugegeben hätte, er sich immer zu gut gewesen war für die Arbeit eines Drehers, Schlossers, Taxlers. Manker zählte sich zur Oberschicht. Aber so etwas konnte man nicht lernen, bestenfalls imitieren – und immer ging es schief. Ein Fabrikarbeiterkind wurde seine Herkunft niemals los. Dabei war Manker ja nur durch Zufall zu Büchern und Bildung gelangt. Nur weil es ein Hobby seiner Eltern gewesen war, durch dauerndes Werben und Geworbenwerden, Ein- und Austreten an die Geschenke der diversen Buchgemeinschaften zu kommen, hatten sie, weil es sich nicht vermeiden ließ, sogar Bücher gekauft. Oblomov, Felix Krull, Ignaz – der Idiot. Wahrscheinlich hatten diese nebenbei bestellten und von den Eltern nicht beachteten Buchgemeinschaftsbücher weit mehr Schaden angerichtet, als alle elektronischen Uhren, Reisetaschen und Küchengeräte jemals wert gewesen sind. Aus einer Arbeiterfamilie war er gekommen, und Arbeiter prügelten nun auf ihn ein. Es war immer das Eigene, das einen vernichtete.

Kommt also, kommt also alle her, hörte er noch einen sagen, weit entfernt, kommt alle her, vergeßt eure Liebe, kommt her mit eurem Haß, und schon steckte ein lyrischer Ausbruch in ihm drin, ein Gedicht von einem

Messer, Judiths Rache, schon spürte er etwas aus sich laufen, nach Leder roch es, nach abgewetzten Taxisitzen, und Manker sah noch Fleisch und Augäpfel und geblähte Nüstern, nein, keinen Lebensfilm, nur etwas Schwarzes, aus, vorbei. Das Ende eines Tunnels. Aus einer kleinen Muschel hat man dich gezogen, Leben dir geschenkt, in einer großen sollst du es nun lassen, in einem Wiener Kolosseum.

Einzelne hatten zur Masse sich verstrickt, die kochte. Ein aufgebrachter Knäuel, in dem die meisten gar nicht wußten, worum es ging. Dennoch drängten wie in einer Honigflasche Bienen ständig noch welche hinzu, der Urwut ihres Lebens Luft zu machen, sich abzureagieren, egal an wem. Und in diesen verklebten Knäuel geriet als Taxigast auch Moses two. Er wollte fliehen, doch es gelang ihm nicht. Zu spät hatte er die Gefahr erkannt. Wie eine Drohne fiel er auf in diesem Bienen-Armageddon, ein tollwütiges Implodieren löste er aus, Faustschläge landeten schon bald in seinem weichen, ungeschützten Gesicht, er schrie etwas von Aufhören, Loslassen, Botschaft und was er sonst auf deutsch noch sagen konnte. Dummer schwarzer Mann. Da griff ihm schon wer an die Eier, riß sie aus, stopfte sie ihm in den Mund und sagte:

– Aus einer kleinen Muschel hat man dich gezogen, Leben dir geschenkt, in einer großen sollst du es nun lassen.

Alle wußten, daß sie hauen durften, ihnen nichts passierte, selbst wenn sie seinen schwarzes Schädel packten, gegen einen Randstein schlugen, bis sein Hirn austrat. Den Kopf voran zog man ihn heraus aus diesem Leben – wie Judith Holofernes. Nun war es aus! Aus einer kleinen Muschel hat man dich gezogen, Leben dir geschenkt, in einer großen sollst du es nun lassen. Aus einer Taxlerfamilie war er gekommen, und Taxler prügelten ihn nun zu Tode. Es war immer das Eigene, das einen vernichtete.

Nun war der Leib nur noch ein Fetzen, der Spielplan dieses Lebens ohne Repertoire, alles abgesetzt. Die Menge johlte, tobte, murrte, pfiff. Ebenso schnell, wie sie sich gebildet und verknotet hatte, war sie auch wieder verschwunden, aufgelöst, versickert, weg. Zurück blieben ein toter Manker und ein toter Moses two, ein Seth, der am Verbluten war. Die Spuren einer Hetz.

Irgendjemand hatte nach der Polizei gerufen. Martinshörner schraubten durch die Luft, Ambulanzen fuhrwerkten herum, sogar die Feuerwehr. Eine wahnsinnige Hektik, aber niemand scherte sich um Seth. Alle waren damit beschäftigt, zu vermessen, Kreidestriche um die Toten zu ziehen, Absperrungen, Journalisten fernzuhalten. Was für eine Hektik.

Was war da los? Zsmirgel, der zur Entspannung seines Magens einen Spaziergang vorgeschlagen hatte und nun um die Ecke bog, staunte. Ambulanzen, Hektik und die beiden Toten. Kannte er die nicht? Waren das nicht Manker, Moses two, der Nigerianer? Tatsächlich! Also doch! Sie wußten voneinander. Er hatte es geahnt. Also war doch das Fax von Manker. Aber das Geld? Gemeinsame Sache machten die, ein Komplott! Und jetzt? Beide tot. Sonderbar. Instinktiv griff er nach dem Sparbuch, nach Conchita. Beide waren da. Die Baustelle fiel ihm ein, die Totenvögel und die Gießhübl-Geschichte. Wofür war denn das jetzt alles? Plötzlich hatte er eine Idee, ein Ziel: Argentinien. Mit dem Geld und mit Conchita einem süßen Leben zu, weich wie Latexschaum und süß.

Sie kehrten um und stiegen in ein Taxi, alles war nun fest, alles war gesetzt, der Magen schien sich zu beruhigen. Conchita lachte unbeherrscht.

– Manker tot? Weil er mir den Laufpaß gegeben hat, das hat er nun davon. Sie schüttelte sich vor Krämpfen. War es Lachen? War es Trauer? Jedenfalls hatte sie jetzt, was sie wollte, sie hatte gesiegt. Zsmirgel grinste. Sogar der Taxifahrer wirkte zufrieden, bemühte sich, fuhr vorsichtig, fluchte nicht. Und dennoch ging es bald schon wieder los. Sulfamat. In Zsmirgels Magen gärte es. Ganze Divisionen Meeressoldaten marschierten durch ihn durch, schossen, spionierten, fochten Kriege aus, unterschrieben Friedensverträge, hielten sich nicht daran, ballerten aufs neue los, und schließlich kam, was kommen mußte, Kapitulation. Gerade als sie beim »Lachenden Mond« vorbeifuhren, bat Zsmirgel Hastenteufel anzuhalten, schnell kurbelte er das Fenster runter, kotzte. Kotzte einen breiigen Haufen obszön und breit auf den Asphalt. Fischbauchgraue Schattierungen tanzten auf der semmelblonden Masse wie Wellen auf dem Meer. Halbverdaute Muscheln, Shrimps, Garnelen, Tintenfischstücke. Nach Sud von Meerestieren roch das, einem Magensäure-Wein-Sulfamat-Gemisch, nach frischer Kotze.

Wie ein Tagtraum war das alles, Picturesofdeath, kurz waren Conchita und Zsmirgel vorbeigehuscht, hatten gestutzt, gelächelt, so war es Seth zumindest vorgekommen. Oder war das schon sein Lebensfilm? In einer großen Lache Blut saß er, rot wie ein Perserteppich, warm und angenehm, so ist es also, wenn man stirbt, da hörte er eine laute, schrille Stimme, als wäre die Hölle schon in ihm. Ein Teufel im Schlapphut. Gloria! Gloria, die ihm etwas um die pulsierende Wunde band, flüsternd ihm versprach, sich jetzt um ihn zu kümmern. Seth spürte ein Pochen hinter den Augen, die Gloriette fiel ihm ein, Geruch nach Scheiße, Kapuzinergruft, die Pupillen hatten

Schwierigkeiten, scharf zu sehen, endlich gelang es, und er sah, daß ihm Gloria ihr Sparbuch um die Hand gewickelt hatte, mit einem Schuhband zugeschnürt. Wie mußte sie ihn lieben. Im Hintergrund ging Herkules vorbei, leicht säuerlich, geröstete Knödel stießen ihm auf. Sie sah ihn nicht. Und wenn, er wäre ihr egal gewesen, denn sie küßte Seth, der erst noch zögerte, um dann, wie er den schokoladigen Geschmack merkte, zu erwidern. Mmmm, sehr gut. Sollte das Liebe sein? Das ganz große Glück? Das Auszuzeln.

Das Schicksal ist ein Schwein, doch manchmal schlägt es eine Volte, findet Trüffel und ist gar nicht so gemein. Im »Lachenden Mond« hatte Pasqualina mit Klappbauch zu reden begonnen und gemerkt, daß sie sich sympathisch waren. Abneigung verkehrte sich in Sympathie, ging gar in Freundschaft über, aller Haß war weg. Sie waren aufeinander angelegt, von Anfang an. Sie hatten sich etwas zu sagen. Die Kraft der Gedanken, die Sieben-Tags-Adventisten, Quersummen und Esoterik. Ja, das paßte.

Inzwischen verblaßte der Tagesschimmer, verschmolzen die Gegenstände zu etwas Geheimnisvollem. Zivildiener hatten Manker und Moses two eiskaltes Wasser ins Ohr gegossen, ihnen ins Auge gestochen, in die verbliebenen Hoden gezwickt, den Tod festgestellt, sie in die Wiese gelegt, die Bestatter informiert. Die aber hatten darauf vergessen. Nur so konnte es geschehen, Gegrüßet seist du, Maria, daß am späten Abend die aus dem Lusthaus kommenden Gören Lisi und Fritzi zuerst zufällig, dann voll Entzücken auf den toten Manker pißten. Gebenedeit ist die Frucht deines Leibes. Wie es der Zufall wollte, sangen sie dabei ein Nazilied: Die Röcke hoch, die Löcher unverschlossen, es kann marschieren, mit stolz geschwellter Brust –.

Gedrehte, angegelbte Nocken, Zöpfe, riesig, formlos aus dem Dunst der Nacht, geschmacklich leicht beim Salz, mit Stich. Und warm. Gegrüßet seist du. Maria. So erfüllte sich ein Traum. Das Schicksal war gerecht. Fritzi und Lisi entdeckten auch noch Moses two. Was sie mit dem taten, konnte ich aber nicht mehr sehen, mich zog's bereits Richtung Titan.

Zur gleichen Zeit zeigte sich in den Kapuzinerkatakomben Palermos in einem Glaskasten ein Riß, an einer offenen Stelle auf Rosalia Lombardos Kopf erschien etwas Papier, Papier, das Doktor Solafia benützt hatte, um sie auszustopfen. Hätte man es rausgenommen, man hätte folgendes Gedicht darauf gesehen:

Ein Dunst in reger Lufft;
Ein geschwindes Wetterleuchten;
Güsse / so den Grund nicht feuchten;
Ein Geschoß / der bald verpufft;
    Hall / der durch die Thäler rufft;
Stürme / so uns nichts seyn deuchten;
Pfeile / die den Zweck erreichen;
Eyß in einer warmen Grufft;
    Alle diese sind zwar rüchtig /
daß sie flüchtig seyn und nichtig;
Doch wie nichts Sie alle seyn /
    So ist doch / O Mensch / dein Leben /
mehr / als Sie / der Flucht ergeben.
Nichts ist alles. Du seyn Schein.

Inhalt

Franzobel

Böselkraut und Ferdinand

Ein Bestseller von Karol Alois. 221 Seiten. Serie Piper

Böselkraut, der Hagere mit vierzehn Haaren auf dem Kopf, zieht in die Welt hinaus, seinen verschollenen Hund Knödel zu suchen. Ferdinand, das neunmalkluge Kind, begleitet ihn. Ihre Mißerfolge führen die Tücken der Sprache und des Alltags vor Augen, ihr Wille zur Anpassung scheitert an ihrer Weigerung, die Kompromisse des Common sense zu akzeptieren. Der sprachliche Entfesselungskünstler Franzobel beschreibt lustvoll die Irr-, Ab- und Geheimwege, wenn man das Wort beim Wort nimmt – sprühende Sinnkaskaden für Kindsköpfe.

»Lesetip: treiben lassen, mitfliegen auf diesem Drachen, um die Leichtigkeit nicht zu verlieren!«
Kieler Nachrichten

05/1580/01/L

Franzobel

Scala Santa

oder Josefine Wurznbachers Höhepunkt. Roman. 397 Seiten. Serie Piper

In der Wiener Vorstadt wird ein Passant ermordet. Schaulustige umringen den Tatort, darunter die verdorbene Göre Josefine. Sie beginnen eine wilde Jagd nach dem Verbrecher, die in den Tiefen Wiens anfängt und auf den Stufen der Heiligen Stiege in Rom endet. Liebe und Libido, Verbrechen und Strafe verbindet Franzobel zu einem gewaltigen Feuerwerk. Dieser Roman des Bachmann-Preisträgers ist ein Amoklauf gegen eine immer absurder werdende Wirklichkeit, der mit konventionellen epischen Mitteln nicht mehr beizukommen ist.

»Es ist nämlich prinzipiell eine kurze Geschichte … Eigentlich soll es ja die Geschichte der Pepi sein, die Geschichte einer Minderjährigen, aus der eine Hure werden muß, die Geschichte einer Liebe und die Chronik vom nicht stattfindenden Glück.«
Franzobel

05/1581/01/R

SERIE PIPER

SERIE PIPER

Nicolaas Matsier

Selbstporträt mit Eltern

Roman. Aus dem Niederlänidschen von Marianne Holberg. 315 Seiten. Serie Piper

Das Elternhaus mit dem schönen Garten in Den Haag soll nach dem Tod der Mutter verkauft werden. Während Hendrik und seine beiden Geschwister das alte Haus räumen, erwachen Erinnerungen an die Kindheit und Jugend wieder zum Leben, beginnen die Dinge, die sie wegwerfen oder behalten, zu erzählen: von jenen späten vierziger und fünfziger Jahren, als Mütter »Nur-Hausfrauen« waren, als Jungen sich gegenseitig aufklärten, weil zu Hause über Sexualität nicht gesprochen wurde. Doch dann stößt Hendrik auf eine Tasche mit Medikamenten, und in diesem Augenblick wird er mit einer alten »Kindertrauer« konfrontiert, die ihn nicht mehr losläßt.

»Schön, daß sich noch einmal jemand die Mühe macht, sich – mit allem Reichtum an Resonanzen – an die kleinen Rituale des Alltags von gestern oder vorgestern zu erinnern.«
Der Spiegel

05/1547/01/L

Arne Dahl

Misterioso

Kriminalroman. Aus dem Schwedischen von Maike Dörries. 345 Seiten. Serie Piper

Kaum ist Paul Hjelm, Inspektor der Stockholmer Polizei, zur Sondereinheit für besonders schwierige Fälle berufen worden, da hat er es schon mit einem kaltblütigen Serienmörder zu tun: drei unbescholtene Geschäftsleute – hingerichtet mit Kopfschüssen aus nächster Nähe, nach einem präzisen Ritual. Eine erste Spur, die zu einer Geheimloge führt, erweist sich als Sackgasse. Ist womöglich die russische Mafia in die Morde verwickelt? Doch dann die heiße Spur: ein Jazzstück mit dem bezeichnenden Titel »Misterioso« ...

»Sein Erzählstil ist dicht, seine Figuren sind glaubwürdig gezeichnet, seine Geschichte gut durchdacht und geschickt konstruiert.«
Westdeutsche Zeitung

05/1525/01/R